항상 나를 믿고 지지해 주는
나의 사랑 모모.

그리고

우리의 콩콩이,
율이에게.

나의
마음을 담아

목 차

- 0. 머리말   - p. 7
- 1. 가로등과 가로수   - p. 19
- 2. 누구도 몰랐다고 하더라   - p. 31
- 3. 두부장수와 도둑   - p. 45
- 4. 라디오도 괜찮아   - p. 59
- 5. 미스터 여름이불   - p. 73
- 6. 사파이어와 진주, 캔뚜껑   - p. 85
- 7. 요술공주가 된 마녀   - p. 101
- 8. 포크의 고백   - p. 113
- 9. 커피나무를 북극 스타일로   - p. 125
- 10. 하와이에서 해먹에 몸을 눕히기까지   - p. 139
- 11. 거북이와 토끼는 친구가 아니다   - p. 151
- 12. 우동과 라면   - p. 165

13. 한나는 그래서 괜찮았단다 - p. 179
14. 강아지와 고양이가 다르듯이 - p. 191
15. 보글보글을 즐기던 니콜키드만과 모바일 게임을 즐기는
'니국적중고나라' - p. 203
16. 드레싱 소스를 부러워한 마요네즈 왕자 - p. 217
17. 무례하다고 꼭 나쁜 사람은 아니라는 게 함정 - p. 231
18. 개미도 베짱이처럼 - p. 243
19. 친구가 아니라 가족이 필요한 거야 - p. 257
20. 끝날 때까진 끝난 게 아니야 - p. 269
21. 세상을 바꾼 힘 - p. 281
22. 남의 등을 긁어준다는 것 - p. 295
23. 조개도 육상선수를 꿈꿀 수 있다 - p. 311
24. 선풍기는 오늘도 열정페이로 봉사중입니다. - p. 325
25. 맺음말 - 이유있는 고집 - p. 337

괜찮아, 아빠도 쉽진 않더라

머 리 말

0. 머리말

성공한 아빠가 아니더라도,

평범한 아빠, 사회적으로 미숙한 아빠라도,

자식의 더 나은 삶을 바라며

삶의 경험 일부를 나눠줄 수 있는 것 아니겠습니까?

괜찮아, 아빠도 쉽진 않더라.

많은 사람들이 인정을 해줘서라기보단 스스로 명함을 파고 글을 쓰는 사람이라고 우기면서 살아왔습니다. 오랜 세월 반복했던 덕분에 이제는 그러려니 하는 사람과 사실 여부와 관계없이 세뇌당한 사람이 제 주변에 남았습니다.

그런데 자식을 낳고 보니, 아이에게는 그렇게 뻔뻔하게 굴기가 쉽지 않겠다는 생각이 들었습니다.

그래서 아이를 위해 글을 써야겠다고 생각했습니다.

0. 머리말

감히 글을 써서 밥벌이해보겠다고 큰소리를 친 사람이면, 거기에 걸맞게 자식을 위해서도 좋은 글을 써줄 수 있어야 하는 게 맞지 않겠냐는 생각이 저절로 들었던 겁니다.

아무래도 태교를 한답시고 동화책을 읽어줄 때부터 마음이 움트기 시작했던 것 같습니다.

그래, 어깨에 힘을 빼고, 아이를 위해 동화를 써보자.

당연히 그런 생각과 각오는 좋았지만, 마음처럼 쉽지 않았습니다. 우선 회사를 그만두고 책상에 앉아 글을 쓰기로 한만큼 스스로 마감을 정하고 시작한 글쓰기 방법이 너무 낯설었습니다. 머리가 나쁜 만큼 충분히 상상하고 글을 쓰면 좋겠는데, 아주 짧은 형태라도 하루에 한 편씩을 써보자는 생각으로 덤볐더니 글이 고르게 완성되지 않았던 겁니다.

아이에게 들려주고 싶은 주제들은 차고 넘쳤지만, 그걸 그대로 들려준들 이제 막 뒤집기를 시작하고 이유식을 탐하기 시작한 아기가 뭘 알겠나 싶은 생각도 들더군요. 게다가 아이가 한때 잠시 듣는 이야기가 아니라 살면서 평생 곱씹을 만한 이야기로 남기려니 더 부담되었던 게 사실입니다.

그래서 초벌로 탄생한 원고들은 대부분 동화라기보단 편지글의 형태였고, 스스로 정한 마감 시한을 넘긴 원고들은 초고의 형태 그대로 홈페이지를 통해 대중에게 선공개되기도 했습니다.

조금 더 집중해서 쓰자. 동화답게 아이가 부담 없이 접할 수 있고, 상상력을 자극해줄 수 있는 이야기로 다시 써보자.

매일매일 쓰기로 스스로 약속한 탓에 위와 같은 다짐을 매일매일 새롭게 해야 했습니다. 물론, 그런다고 단박에 다 정리되어 바로바로 좋은 글로 다 소화된 것은 아니었습니다.

5월과 7월. 두 달에 걸쳐 총 40회 분량의 글을 적어봤지만, 절반 이상이 여전히 편지글 형태였습니다. 역시 좋은 글은 쥐어짠다고 나오는 건 아닌 것 같다는 생각과 그래도 쥐어짜서 남은 절반이라도 건질 수 있었던 게 아닐까 하는 생각이 동시에 들더군요.

어느 쪽으로 어떻게 해석하든, 글쓰기 어려웠다는 건 바뀌지 않겠지만 말입니다.

그래도 이런 어려움은 사실 전혀 문제가 아니었습니다. 스스로 정한 기준이었고, 거기에 맞춰서 스스로 쓰겠다고 덤비다가 얻은 결과들이니 그저 좋은 경험이라고만 생각되는 겁니다. 오히려 이런 경험이라면, 앞으로도 즐기면서 할 수 있을 것 같습니다.

저를 주춤하게 만들었던 건 어디까지나 외부의 자극이었습니다.

'동화의 형태로 적힌 원고들은 모르겠는데, 편지글처럼 쓰인 원고들은 설득력이 없는 거 같아요. 몰라, 선배가 정말 유명한 사람이라면 모를까 별로 이입이 되질 않아요.'

그렇습니다. 무명의 작가라는 벽은 여전히 견고했던 겁니다.

매번 자신감에 적지 않은 타격을 입고, 글쓰기를 계속 고집해도 괜찮을 것인가에 대해 고민하게 됩니다. 그럴 수밖에요, 사회적인 관점에서 어떤 식으로든 성공한 남자가 아니니 어깨가 좁아지는 건 당연한 거죠.

그래도 고집스럽게 작업을 마칠 수 있었던 건 이제는 제가 아빠라서 그렇습니다.

글을 쓰는 동안 마음으로 늘 혼자서 되뇐 말이 있습니다.

'성공한 아빠가 아니더라도 자식에게 삶의 경험 일부를 나눠줄 수 있는 것 아닌가? 평범한 아빠, 사회적으로 미숙한 아빠라도 자식에게 그간의 경험을 나눠줄 수 있는 것 아닌가?
나는 실패하고 미숙했더라도 내 자식은 나 같은 실패를 되풀이하지 않게 하도록 노력하는 게 아빠가 아닌가?'

그런 생각으로 스스로 정한 '1일 1마감'이란 형태를 지키며 글을 쓸 수 있었습니다.
그리고 단행본을 생각하게 된 시점부터는 글의 연령대를 조금 더 높이기로 했습니다. 아니, 정확히는 성인들을 대상으로 해야겠단 생각을 했습니다.
아무리 다시 생각해봐도 그냥 그 시절에나 한 번쯤 듣거나 읽어봤을 법한 이야기 정도로는 부족하단 생각이 들어서요.

저는 제 글이 제 아이에게 평생토록 유효한 도움이 되길 바랐거든요.

게다가 솔직히 지금 제 아이의 눈높이를 완벽히 맞출 자신도 없었고, 그런 준비도 되어있지 않다는 것도 사실이었습니다. 그러기 위해선 시각적인 디자인에 상당한 노력과 힘이 들어가야 하는데, 유감스럽게도 그 부분은 결코 저의 영역이 아니니까요.

그래서 제 아이가 지금 당장 들어서 뜻을 알 수는 없다하더라도 정서에 막연하게나마 긍정적인 흔적을 남길 만한 이야길 쓰려고 노력했습니다. 무엇보다 시간이 흘러 아이가 컸을 때, 혼자서 문제를 해결할 수 있길 바라는 마음으로 썼습니다. 아이가 지금보다 더 커서, 초등학생, 중학생, 아니, 그보다 훨씬 더 자란 대학생이나 취준생, 사회인이 되더라도 분명 매순간 가치판단의 혼란을 겪을 테고, 심적으로도 미숙한 부분은 남아있을 테니까요.

덕분에 언제 어느 시기에 읽더라도 생각해볼 거리를 안겨줄 수 있는 이야기를 써보려 했고, 결과적으로 자연스럽게 세상 모든 아들에게 글을 남긴다는 생각으로 임하게 되었습니다. 그러자 문장이 저절로 다가왔습니다.

'괜찮아, 아빠도 쉽진 않더라.'

감사합니다. 글을 쓰고 편집을 한 건 제가 직접 한 일이 맞지만, 이렇게 일이 완성될 때까지는 많은 분들의 응원과 도움이 있어서 가능한 일이었습니다.

모두에게 감사의 인사를 올리며, 지금 책을 들고 읽고 계시는 분들에게도 허리를 굽혀 인사를 올립니다.

감사합니다.

끝으로,
제 아이에게 하고픈 말을 직접 남기는 것으로 마무리를 대신하겠습니다.

율아,
이 책은 아직 만나지 못한 미래의 너를 생각하며
아빠가 미리 남겨두는 재산이란다.

고작 물려주는 자산이란 게
돈이 아니라 글이라서
네가 실망스러울 수도 있겠지만,

글을 읽고 변한 생각이
돈으로 변해 되돌아오는 건
어디까지나 시간의 문제일 뿐이란다.

율아,
난 네가 이 책을 곱씹어 읽고,
평생 마음에 간직하고 떠올려보길 바란단다.

아빠는 감히 장담해 본다.

네가 자라서
학생이 되고, 청년이 되고, 중년이 되는 그 순간마다
아빠가 남긴 이야기들이 매번 다르게 다가올 것이라고.

네가 누구보다 따스한 숨결을 지닌
영리한 사람이 되길 바라며, 아빠가.

2021년 8월 몹시 더운 날 서재에서.

괜찮아, 아빠도 쉽진 않더라

가로등과 가로수

1. ㄱ

가로등과 가로수가 절친한 사이라면?

가로등과 가로수

 가로등과 가로수는 둘 다 조금 쓸쓸한 녀석들이란다. 가로등도, 가로수도, 둘 다 발이 없어서 한 자리에 가만히 서 있기만 해야 하거든. 해가 뜨고, 달이 뜨고, 별들이 흐르고, 비가 오고, 눈이 내려도 말이야. 그냥 그 자리에서 선 채로 내일이 오기만을 기다려야 하는 녀석들이지. 오늘도 종일 서 있고, 내일도 종일 서 있어야 하면서 말이야.

 그래서 세상의 가로등과 가로수들은 절친한 친구 사이인 경우가 많단다. 특히 우리 집 베란다 밖으로 보이는 저 가로등과 가로수는 둘도 없는 친구 사이지. 게다가 저 둘은 세상에서 제일 유쾌한 가로등과 가로수이기도 해. 정말이야, 아빠가 세상 어딜 가더라도 꼭 그 동네 가로등과 가로수들에게 인사를 하거든. 그런데 그 어떤 녀석들도 저들처럼 씩씩하지 않았어. 하나같이 졸린 목소리이거나 불친절한 녀석들이었는데, 저 둘은 늘 웃으면서 대꾸해 주더라고.

신기해. 참, 신기한 녀석들이야. 어떻게 온종일 서 있기만 하는데 기분이 좋을 수가 있을까? 아빠는 5분만 서 있어도 온몸이 가렵거든. 정말이야, 엄마는 3분만 서 있어도 하품을 참지 못하는걸.

그래서 너무 궁금했어. 궁금해서 참을 수가 없을 지경이었지. 결국 하루는 작정하고 가로등 밑에 놓여있는 벤치에 앉고 말았어. 종일 녀석들을 지켜보기로 한 거야. 혹시 모르잖아, 녀석들끼리 비밀이야기라도 하는 걸 몰래 엿듣게 될 수 있을지 말이야.

때마침 가로등이 가로수에게 간밤에 있었던 이야기를 해주고 있었어.

"어젠 별들도 조용한 날이었어. 그래서 오랜만에 길 건너 신호등하고 인사를 했지. 참 성실한 친구야. 새벽이라 아무도 보지 않는데, 신호를 1초도 틀리지 않고 매번 정확하게 꼬박꼬박 바꾸니 말이야."

"그런 거라면 자네도 대단하지. 매일매일 어스름이 찾아오면 불을 밝히고, 해가 떠오를 때면 불을 끄잖아. 너희에게 비하면 난 참 게으른 거 같아."

"아니야, 자네는 늘 지나가는 새와 바람의 이야길 들어주고 사람들에게 그늘을 내려주잖아. 게으를지는 몰라도 배려심 하나만큼은 우리들 중 최고라고 봐."

아빠는 핸드폰을 꺼내 뉴스를 읽는 척하면서 그 이야기들을 빠짐없이 듣고 있었어. 그래야 더 많은 이야기를 나눌 것 같아서 말이야. 물론, 중간에 끼어들고 싶은 마음이 굴뚝같아서 그걸 참느라 애를 좀 먹었지.

그런데 지나가던 참새는 아빠만큼 참을성이 그리 많지 않았나 봐. 나뭇가지에 올라 날개를 접고서는 수다를 떨기 시작했어.

"안녕, 너네는 오늘도 사이가 좋구나. 길 건너에서부터 너희들 대화가 들리지 뭐야? 참 신기해. 다른 가로수와 가로등들은 너네처럼 사이도 좋지 않고 늘 불평불만만 많은데, 너희는 어쩜 그렇게 사이가 좋니?"

"글쎄, 다른 친구들은 다들 어때서 그러는데? 우린 매일 여기에 있어야만 해서 알 수가 없어."

나무가 불어오는 바람에 기지개를 켜며 말했지. 참새는 나무의 말을 기다렸다는 듯이 기다란 나뭇가지 위를 뛰어다니며 쫑알쫑알 노래를 불렀어.

"아래 블록의 가로수는 가로등에게 매일같이 싸움을 걸어! 가로등이 밤새 불을 밝히고 있어서 잠들기 힘들다는 거야. 자기 키가 더 자라지 않는 게 다 가로등 탓이란 거지. 그래서 바람이라도 좀 부는 날에는 기다렸다는 듯이 가로등을 향해서 흙먼지를 날려 보내더라고.

그걸 가로등이 참고 넘어가 주겠어? 아래 블록의 가로등이 다른 블록의 가로등들보다 훨씬 더 밝잖아. 그럼, 또 다음 날 아침부터 서로서로 화를 내기 바빠지는 거지."

"아래 블록 녀석들의 이야기는 저번에도 하지 않았어? 그래서 다른 녀석들보다 거기 가로수는 키가 작고, 가로등은 자주 전구가 나가는 것 같다고."

가로등이 굽은 고개를 쭉 내밀며 참새를 돌아봤단다. 참새는 또 기다렸다는 듯이 가로등의 굽은 고개 위로 날아올라 쫑알쫑알 노래를 불렀어.

"건너 블록 녀석들은 어떻고? 거긴 가로수들끼리도 서로서로 뿌리를 더 내리려고 야단이야. 가지도 더 넓게 펴고 싶어서 매일 상대방을 윽박지르고들 있어. 정말, 화가 넘치는 녀석들이라니까?"

"참새야, 네 덕분에 우리가 가보지 못하는 곳 이야길 듣는 건 좋다만, 다른 친구들 험담하는 건 그만해줬으면 해. 그리 좋은 이야기는 아닌 거 같아. 다들 이유가 있겠지."

"그래, 그랬겠지. 이유 없이 화를 내는 경우가 어디 있겠어? 서로의 이야기를 들어보면, 다 이유가 있었을 거야."

"뭐, 그렇긴 하겠지. 확실히 너희가 착하긴 해. 그리고 시시하기도 하고. 뭐, 하긴, 매일같이 제자리에만 있는 애들이 뭘 알겠어?"

가로등과 가로수의 이야길 듣고 있던 참새는 그대로 날아올라 건너편 신호등 위로 사리를 옮겼단다. 아무래도 맞장구를 쳐주지 않으니 흥이 나질 않았나 봐. 그러거나 말거나 가로등과 가로수는 다른 친구들 험담에 끼어들지 않았어. 그것보단 시시콜콜한 일상에 대해 이야길 했지.

"오늘 아침에는 학교에 가는 꼬맹이들 얼굴이 좋아 보여. 평소보다 다들 훨씬 많이 웃는 거 같아."

"맞아, 금요일이라서 그런가 봐. 인간들은 주말이 되면 얼굴이 좋아지잖아. 참 내가 개미들 이야길 했던가? 며칠 동안 난리를 피우더니 내 발가락 아래쪽에다가 굴을 파고 집을 지었더라. 정말 대단한 애들이야."

"정말 대단하네. 내 목 밑에서 춤을 추고 있는 거미 녀석만큼이나 대단한 걸? 이 녀석은 작년 봄에 말없이 찾아 들어와서는 그물을 참 촘촘하게도 짜뒀어. 해마다 여름이면 나도 날벌레들로 곤욕이었는데, 거미가 애를 써준 덕에 지난여름은 훨씬 덜 피곤했지 뭐야. 그물에 걸린 날벌레들이 얼마나 많았는지 몰라."

"맞아, 그래서 지난여름 내내 네 얼굴이 밝았지."

아빠는 거기까지 이야기를 듣고서는 자리에서 일어났단다. 가로등과 가로수가 한자리에만 발이 묶인 채 몇 년이나 있었지만, 조금도 쓸쓸하지 않았던 이유를 이젠 알게 되었거든. 다른 동네 녀석들과는 달리 늘 유쾌할 수 있었던 이유를 말이야.

이제는 너도 알 것 같지 않니? 그러니까 우리 집 앞에 있는 가로등과 가로수는 아빠 품에 매달려서 아기 띠를 하고 외출하는 너와 똑같은 거란다. 아기 띠 사이로 내려앉는 햇살 한 줌에 웃고, 너의 발을 간지럽히고 스쳐 가는 바람 한 줄기에 웃는 너처럼 말이야.

가로등과 가로수도 그저 오늘이 좋은가 봐. 그냥, 다가와 주는 모두가 좋은가 봐. 그러니 제자리에만 있어도 하루하루가 다르겠지. 지금도 아빠를 보면서 웃고 있는 너처럼 말이야.

1. ㄱ   27
- 가로등과 가로수

괜찮아, 아빠도 쉽진 않더라

누구도 몰랐다고 하더라고

2. ㄴ

개미들이 지금만큼 영리하지 않던 시절의 이야기.

누구도 몰랐다고 하더라고

 오늘 들려줄 이야기는 지구 반대편 어딘가에서 시작되어 오래전부터 사람들 사이에 전해져 오던 이야기란다. 그래서 아빠가 이 이야길 들었을 땐 진짜 있었던 일인지, 아니면 누가 지어낸 이야기인지, 그런 것조차 전혀 짐작할 수가 없었어.

 그저 듣기로는 곤충 친구들이 마음 편히 살 수 있는 풀밭이 하나 있었다고 하더라. 그곳에서는 개미들이 인기스타여서 많은 친구들을 곁에 두고 있었다고 해. 둥글둥글한 진딧물은 말할 것도 없고, 높이 뛰는 메뚜기하고도 친했고, 물구나무서서 걸어 다니는 쇠똥구리와도 친했지. 다 같이 사이가 좋아서 다툴 일도 없었어.

그렇게 조용하던 풀밭에 사건이 일어난 것은 한차례 소나기가 내린 다음 날이었어. 새벽부터 나이 어린 개미 한 마리가 개미굴로 뛰어 들어가 소리를 질러댔지.

"큰일이 생겼어요! 모두 밖으로 나와보세요! 우리가 다 같이 달려들어도 꿈쩍도 안 할 거 같아요!"

"대체 무슨 일인데 그래?"

나이 어린 개미가 굴 깊숙한 안쪽까지 직접 뛰어가며 소리를 쳤어. 그 소리에 놀란 다른 개미들이 들고 있던 일거리를 손에서 놓고 굴 밖으로 우르르 몰려나갔지. 순식간에 그 일대는 새까맣게 물들어버렸어.

"보세요, 저기 커다란 지렁이 한 마리가 죽어 있어요! 장정 몇 명이 달려든다고 옮길 수 있는 녀석이 아니에요! 길이가 제 키보다 몇만 배는 커 보여요!"

거기에는 몸이 말라서 죽어버린 지렁이 한 마리가 있었어. 소나비가 반가워서 흙 밖으로 외출을 나왔나 봐. 가엾게도 소나비가 그치자마자 바로 해가 쨍하고 떠버려서 몸이 금방 말라버렸던 거겠지. 응, 맞아, 지렁이는 원래 축축한 걸 좋아하거든. 하여튼, 크기도 정말 컸어. 아빠 손바닥보다도 훨씬 더 긴 녀석이었단다.

"저 죽은 지렁이를 옮겨갈 수 있다면, 올겨울은 걱정도 없 겠어요! 아, 그런데, 저렇게 큰 걸 어떻게 옮기죠?"

이제 그 고민은 나이 어린 개미뿐만이 아니라, 그곳에 모인 모든 개미들의 고민이 되었어.

"다 같이 힘을 모아서 들면 들리지 않을까?"

"아니, 그렇게 해서 들었다고 해도 몸통이 우리들 굴로 들어가는 입구보다도 더 굵은 걸?"

"그럼, 확장 공사부터 먼저 할까?"

"그러다가 도둑개미나 진드기가 들어오면 어쩌려고 그래?"

죽은 지렁이를 어떻게 처리하면 좋을지를 몰라 순식간에 왁자지껄해지고 말았어. 그러자 주변에서 하나, 둘, 다른 친구들이 모여들기 시작했지.

"들고 갈 생각들 말고 나처럼 굴려보면 어때?"

지나가던 쇠똥구리가 마치 대단한 방법이라도 알려주는 것처럼 생색을 냈어.

"아니, 그러기엔 너무 커요. 살면서 이렇게 큰 지렁이는 처음 봤다고요. 우리가 일렬로 늘어서도 저 지렁이보다 작을 것 같지 않아요?"

"뭐, 크긴 하다만, 내가 보름 전에 굴렸던 쇠똥보단 작은 것도 같은데?"

"에이, 아니라니까요!"

쇠똥구리는 그런 말들을 늘어놓으면서도 여전히 뒷짐을 진 채로 있었어. 사실 정말 저렇게 큰 지렁이는 처음 봤거든. 쇠똥구리조차 좋은 방법이 생각나지 않았던 거야.

"아냐, 난 며칠 전에 저보다 큰 지렁이를 봤었어."

이번에는 메뚜기였어. 멀리서 껑충껑충 뛰어오르다 보니 먼발치에서도 죽은 지렁이를 볼 수 있었던 거지.

"이렇게 높이 뛰어다니다 보니 내가 너네보단 훨씬 많은 걸 보잖아. 여기서 멀리 떨어지지 않은 물웅덩이 주변에서 봤었어."

"그래? 그럼, 아주 많이 잘됐다! 이걸 우리가 어떻게 옮기는 게 좋을까?"

"글쎄? 내가 본 건 지렁이였지 지렁이를 옮기는 개미들은 아니었는데?"

개미들이 몰려오자 메뚜기는 당황하며 방향을 바꾸어 사라졌어. 사실 메뚜기도 정말 저렇게 큰 지렁이는 처음 봤거든. 메뚜기에게도 좋은 방법 같은 게 있을 리가 없었어.

"정말 곤란하군. 이렇게 많은 개미가 있는데, 해결책을 가진 개미가 한 마리도 없다는 게야?"

뒤에서 잠자코 지켜보던 여왕개미가 나섰지만, 여왕개미라고 딱히 무슨 뾰족한 방법이 있던 건 아니었어. 그저 한숨을 보태는 거 말곤 할 수 있는 게 없었어. 그럴 수밖에 없는 게, 늘 같은 자리에서 같은 일만 열심히 하던 개미들이었어. 이렇게 큰 지렁이가 문제가 아니라, 그냥 죽은 지렁이 자체를 본 적이 없었던 거야.

그건 그 지역의 쇠똥구리나 메뚜기도 마찬가지였던 거지. 쇠똥구리는 개미들이 다니는 길보다 훨씬 멀리까지 쇠똥을 굴리며 다녔지만, 땅 밑만 보고 다니느라 세상 구경을 할 틈이 없었던 거야. 메뚜기도 다를 게 없었어. 그들 중 누구보다 높이 뛰어올라 먼 길을 다녀올 수 있었다지만, 풀밭을 벗어난 적은 없었거든. 게다가 점프를 한 후에는 늘 착지에 신경을 쓰느라 세상 구경은 늘 놓치고 다녔던 거야.

결국 개미들은 모두 한자리에 모여 회의를 하게 되었어. 질서정연하게 한 마리씩 돌아가며 각자의 생각을 말해보기로 한 거야. 그렇게 시작된 회의는 땅거미가 질 때까지 계속 이어졌어. 쉽지 않았던 거야, 개미들 숫자가 많다 보니까 한 마디씩만 돌아가며 말해도 시간이 제법 걸렸거든. 게다가 종일 시간을 써서 회의했지만, 좋은 의견은 하나도 나오지 않았단다. 회의 경험도 많지 않았던 개미들은 옆에서 이미 누군가 했던 이야기를 앵무새처럼 되풀이하기 바빴어.

"아, 제게 좋은 생각이 났어요!"

별이 어깨까지 내려앉았을 때쯤이었어. 지렁이를 제일 먼저 발견했었던 어린 개미가 자리에서 벌떡 일어나며 소리를 질렀지.

"조각조각을 내서 각자 조금씩 들 수 있는 만큼만 들어서 옮기는 게 어떨까요? 어차피 이렇게 큰 지렁이를 우리가 한 입에 집어삼킬 수 있는 것도 아니잖아요!"

가만히 듣고 있던 여왕개미가 고개를 크게 끄덕였어. 다들 힘을 모아서 들어 올려 옮기거나, 굴려서 옮길 생각만 하고 있었지, 조각을 내어 나누어 옮긴다는 생각은 아무도 못 했던 거야. 그것도 온종일 회의했으면서!

"좋은 생각이야! 다들 어린 개미에게 칭찬을 아끼지 말자. 시간이 늦었으니 빨리빨리 서둘러 작업을 하자. 반은 지렁이를 조각내고, 반은 진딧물에게서 단물을 받아와서 나누어주도록 해. 어서어서 목을 축이고 일을 시작하자!"

여왕개미의 지시가 떨어지자 그제야 개미들이 바쁘게 움

직이기 시작했어. 어두컴컴한 밤이었지만, 그런 건 문제가 되지 않았지. 죽은 지렁이만 잘 챙겨둔다면 겨울이 걱정 없을 테니까.

드디어 준비가 끝나고, 덩치 좋은 일꾼개미들이 죽은 지렁이에게 달려들어 살을 파내기 시작했어. 그리고 바로 그때였지.

후오오옹.

들판을 가르는 살벌한 울음소리가 들려오는가 싶더니 다음 순간 죽은 지렁이가 하늘로 솟구치고 말았어. 지렁이의 살을 파내려던 일꾼개미들도 지렁이에 대롱대롱 매달린 채로 말이야.

개미들은 너무 놀라서 비명을 내지르며 앞다투어 개미굴로 도망치고 말았어. 누구도 정확히 무슨 일이 일어난 건지를 알지 못했어.

살벌한 울음소리의 정체는 부엉이였다고 해. 어디서부터 날아온 건지도 모를 만큼 먼 곳에서 날아온 야생 부엉이 말이야. 사냥감을 찾아 야간비행을 하던 부엉이가 배가 고파서 급한 대로 죽은 지렁이를 집어갔던 거라고 하더군. 그것도 아주 쉽게, 한쪽 발만으로.

 아, 물론, 정작 개미들은 그 소리의 정체가 부엉이였는 줄도 몰랐다고 하더라. 뭐, 그때까지 부엉이와 마주친 적도 없었으니까. 모를 만도 해. 그래, 그럴 수 있지.

 그래서 거기 있던 개미들은 누구도 몰랐다고 하더라고. 지금까지도 말이야.

- 누구도 몰랐다고 하더라고

괜찮아, 아빠도 쉽진 않더라

두부장수와 도둑

3. ㄷ

성실한 두부 장수와 의적 들바람이 만나다.

두부 장수와 도둑

 지금부터 듣게 될 이야기는 아빠가 아직 엄마를 만나기 전, 회사에 다니던 시절에 들었던 이야기야. 중국으로 출장을 갔을 때, 거기에서 만났던 핀란드 아가씨가 일본에서 지내던 시절에 들었던 이야기라고 하더라.

 아빠가 핀란드 말도 모르고, 중국어도 잘 몰랐기 때문에 핀란드 아가씨가 일본어와 영어를 섞어서 들려준 이야기라서 이야길 다 믿어도 좋을지는 모르겠다만, 재미있기는 참 재미있을 거야. 암, 그렇고말고. 이야기의 주인공이 무려 성실한 두부 장수와 의적 들바람이니까.

우리 아기도 이젠 두부가 뭔지 잘 알지? 콩으로 만들어서 몰캉몰캉 부드러우면서도 단단한 하얀 음식 말이야. 그래, 맞아, 몸에도 좋고, 엄청 맛있는 그거, 두부 말이야.

그렇게 맛있는 두부를 성실하게 매일매일 직접 만들어서 파는 두부 장수가 살았어. 이제는 기억이 가물가물해서 일본의 어디쯤에서 살았는지는 잘 모르겠다만, 한 가지 확실한 건 엄청 성실한 사람이었다는 거야. 비가 오나, 눈이 오나, 바람이 부나, 늘 두부를 직접 만들었지. 심지어 몸이 아픈 날에도 말이야!

"두부를 기다리는 손님들과의 약속이야. 그 약속을 어길 수는 없어."

그건 정말 대단한 각오였어. 성실한 걸 넘어서 무식하고 무서울 정도였지. 두부 장수는 자신이 아픈 건 당연하고, 집에 아내와 자식이 아픈 날에도 두부를 만들어 팔기 위해 아침 일찍 집을 비웠어. 아내의 생일이나 아이의 생일에도 늘 밤늦게 집에 돌아왔지. 토요일과 일요일에도 말이야.

두부 장수는 정말 두부만 열심히 만들어 팔았던 거야. 심지어 어쩌다 가족들이 모두 모여 저녁 식사를 하게 되는 날에도 두부 장수는 두부 이야기만 했단다. 그날 두부가 평소보다 잘 만들어져서 기분이 좋았다거나 어느 동네의 누가 평소보다 두부를 더 많이 사 갔다거나 하는 이야기만 했던 거야.

덕분에 두부 장수는 그 동네에서 누구보다 빨리 재산을 모을 수 있었어. 매일매일 두부만 만들어서 팔다 보니 돈을 쓸 일도 없었던 거야. 그래서 두부 장수가 돈을 쓴 일은 손가락으로 꼽을 정도였는데, 그중 하나가 사업장 규모를 더 늘린 거였어. 1층 건물에서 2층 건물이 되었지. 이제는 동네 사람들이 수군댈 정도가 된 거야.

"들었어? 글쎄, 두부 장수가 복권이 당첨되었다지 뭐야? 그래서 그 돈으로 가게를 넓힌 거래."

"아니야, 단순히 가게를 넓힌 정도가 아니라던데? 건물 2층은 완전 최신식 공장설비로 꾸몄다던데? 이젠 구멍가게가 아니라 완전 공장이 된 거라고 들었어."

"최신식 공장? 그게 복권으로 될 수준이야? 다들 잘못 들은 거 아냐? 내가 듣기론 집안 어른으로부터 유산을 물려받았다고 들었거든."

사람들은 두부 장수가 얼마나 성실하게, 악착같이 살아왔는지는 전혀 관심이 없었어. 그저 자기네들 생각대로 쉽게, 쉽게 소문을 만들어내기 시작했지. 물론, 그러거나 말거나, 두부 장수는 그저 묵묵히 두부를 만들어 파는 것에만 신경을 썼어. 아니, 사실, 그런 소문을 듣는다고 하더라도 어떻게 대처해야 그게 옳은 것인지조차 몰랐던 건지도 모르겠어. 하여튼, 그냥, 두부 장수는 두부만 팔았어.

그러던 어느 날 밤, 구름이 달을 삼켜 온 세상이 깜깜했던 날이었어. 두부 장수의 집안으로 도둑이 숨어들었단다. 동작과 발걸음이 고양이보다도 날래서 누구도 눈치를 채지 못했어. 그러니까 다음 순간 도둑과 두부 장수가 마주친 건 전적으로 우연이었단다.

때마침 두부 장수는 소변이 마려워서 잠이 깼을 뿐이고, 도둑은 저 멀리서 경찰들이 부른 호각 소리에 순간 몸이 굳었을 뿐인데, 하필이면 그 두 순간이 절묘하게 겹쳤던 거야.

두 사람 모두 다 당황스러웠어. 평생 두부만 만들었던 두부 장수라서 이런 상황에서 어떻게 대처해야 좋은 것인지 바로 떠오르지 않았던 거야. 웃긴 건 맞은편에 서 있는 도둑도 마찬가지였다는 거지. 지금까지 숱하게 도둑질을 해왔지만, 한 번도 현장에서 발각된 적은 없었기 때문에 다음 순간 어떻게 해야 좋을지 전혀 생각이 나지 않았던 거야.

둘은 한동안 서로 꿈뻑꿈뻑 눈만 깜빡였지. 먼저 정신을 차리고 입을 뗀 건 도둑이었어.

"안녕하시오, 나는 의적 들바람이라고 하오."

도둑은 나름 정중하게 자신의 신분을 밝혔어. 사실 도둑은 그 지역에서 소문난 의적이었던 거야. 부당하게 재산을 불린 부자들의 재산을 훔쳐서 그걸 가난한 사람들에게 나누어 주는 것으로 인기가 굉장한 의적이었어. 그런데 두부 장수는 그런 도둑의 인사에도 여전히 아무런 대꾸조차 하지 않았어. 도둑은 당황스러웠지만, 다시 한번 침착하게 말을 건넸어.

"놀랠 킬 마음은 전혀 없었소. 사정이 급했을 뿐이외다. 사실 윗동네 부잣집을 털고 나오던 길에 경찰들에게 들켜서 이렇게 되었을 뿐이오. 추격을 급히 따돌리려다가 본의 아니게 들어온 것이지 여기서 뭘 훔쳐서 나갈 생각은 아니었단 겁니다. 믿어주시오. 나, 의적 들바람이오. 아시잖소? 내가 아무 집이나 터는 좀도둑은 아니라는 걸."

그래도 여전히 두부 장수는 눈만 꿈뻑꿈뻑 깜빡일 뿐이었어. 한참을 그렇게 도둑만 바라보고 서 있어서 도둑도 더는 어떻게 해야 좋을지 알 수가 없었지. 두부 장수가 말을 꺼낸 건 그러고도 몇 분이 더 지나서야.

"그러니까 도둑이라는 거죠? 그런데 훔치지는 않겠다고요?"

"그렇소, 나 들바람이라고 하지 않았소. 내가 좀도둑은 아니라오. 지금도 그냥 뒤돌아서서 달아날 수 있지만, 당신과 오해는 풀고 싶어서 기다리고 있을 뿐이오."

도둑은 이제 슬슬 말이 통한다 싶었던지 자세를 풀고 바닥에 털썩 주저앉았어. 이젠 나갈 때 나가더라도 물이라도 한잔 얻어먹고 나갈 생각이었던 거야. 그는 의적이었던 만큼 어딜 가서도 당당했고, 실제로 사람들도 그를 믿고 많이 숨겨주기도 했으니까. 도둑은 이번에도 일이 그렇게 쉽게 풀릴 거라고 생각했던 거야.
그러나 상대는 두부 장수잖아. 결코 일이 생각대로 풀리지는 않았어.

"아까부터 들바람이니, 날바람이니 자꾸 그러는데, 그게 다 무슨 헛소리야? 그러니까 네놈이 도둑이란 거잖아? 맞아, 아니야?"

"그, 그렇소. 하, 하지만, 나, 나는 들…"

"도둑이야! 도둑 잡아라!"

두부 장수는 다음 순간 세상이 떠나가라고 고함을 질렀어. 그 소리가 어찌나 컸던지 멀리 골목을 지나쳐갔던 경찰들의 귀에 바로 꽂힐 정도였어. 그 정도로 큰소리였으니 이웃들도 다 잠에서 깨어나 불을 밝힌 건 당연하고도 남을 일이었지. 도둑은, 들바람은, 다급히 몸을 일으켜 달아날 수밖에 없었어.

"두고 보자! 조만간 이 집을 싹 다 털어버릴 테다!"

"도둑놈이 어디서 주둥이만 살아서는!"

뒤도 돌아보질 않고 도망치려는 도둑의 뒷통수를 향해 두부 장수는 손에 잡히는 대로 물건을 집어 던졌어. 헌데, 정작 사업장은 넓혔어도 살림살이는 늘리지를 않아서 딱히 집어던질 만한 것도 없었지. 두루마리 휴지와 이쑤시개, 귀이개, 손톱깎이, 살충제 따위가 고작이었어. 우습게도 마지막에 던진 살충제가 도둑의 뒤통수에 꽂혔지만, 도둑은 그걸 아파할 시간도 없었단다. 냅다 줄행랑을 치기에도 바빴거든.

 그 일이 있고 나서 동네에는 두부 장수에 대한 새로운 소문이 쫙 퍼졌어.

 "들었어? 두부 장수 이야기?"

 "들었지. 다들 복권이니, 유산이니, 그럴 때부터 이상하다 했어. 그거 다 탈세로 번 돈이라면서? 그래, 두부 하나 팔아서 공장을 짓는다는 게 말이 되기나 해?"

 "나라에 세금도 안 내다니! 우린 뭐, 다들 바보라서 여태 꼬박꼬박 세금 내고 살았나!"

 "그래서 들바람이 지난밤에 두부 장수네 집을 털러 갔었다고 하더라고. 근데, 그 독한 두부 장수가 잠도 안 자고 거실에서 버티고 있었다 하더구먼. 구린 구석이 있으니까 두 발 뻗고 잠도 안 자고 벼르고 있었던 거지! 그래서 하마터면 들바람이 잡힐 뻔했다지 뭐야!"

"그래? 내가 그 더러운 녀석의 두부 따위 이제 사 먹나 봐라!"

소문은 순식간에 퍼져서 뒤통수에 혹이 동그랗게 솟아오른 들바람의 귀에까지 들어갔어. 그 이야길 들은 들바람은 혹을 천천히 쓰다듬으며 굳이 두부 장수네 집을 다시 털러 갈 필요는 없겠다고 생각했지. 아니나 다를까, 그로부터 오래지 않아 두부 장수는 폐업을 하고 그 동네를 떠날 수밖에 없었다고 해.

평생 두부만 만들어 파는 것밖에 모르던 사내가 어느 날 갑자기 하루아침에 거지가 된 거야.

대체 뭐가 잘못되어서 망해버린 것인지 짐작도 못한 채로 말이야.

3. ㄷ
- 두부 장수와 도둑

괜찮아, 아빠도 쉽진 않더라

라디오도 괜찮아

4. ㄹ

세상의 모든 할머니들을 위해!

라디오로도 괜찮아

 세상의 할머니들은 모두 위대한 분들이시란다. 하나같이 사랑이 넘치시는 따뜻한 분들이시지. 사실 우린 모두 할머니들의 사랑으로 오늘을 살 수 있는 거란다. 당장 아빠만 하더라도 너의 할머니 덕에 이렇게 있을 수 있는 거지. 할머니에게 자주 전화를 드리고 찾아뵈려는 것도 그래서란다. 할머니는 여전히 아빠를 사랑해주시고, 우리 아기도 사랑해주시거든.

 그러니 오늘은 이웃집 할머니에 관한 이상하면서도 아름

다운 이야기를 해줄게. 이 이야기는 세상 모든 할머니들을 위한 이야기이기도 하거든.

이웃집 할머니는 너도 한 번쯤은 봤을 거야. 아빠랑 자주 가는 산책길에서 봤던 편의점이 하나 있지? 그곳 사장님의 어머니 이야기란다.

할머니가 젊으셨을 적에 얼마나 꽃처럼 아름다운 분이셨는지는 동네 어르신들이 다 증언을 해주실 수 있다고 하시니까 모르긴 몰라도 정말 미인이셨나 봐.

그런데 편의점 사장님을 키우시느라 힘을 다 써서 그러신 건지, 아니면 챙겨두셨던 기운들을 손자들에게 다 나눠주셔서 그러신 건지, 요즘에는 거동도 불편하다고 하시더라. 그래서 할머니와 할아버지들이 모여서 지내시는 요양원에 계신가 봐.

아, 우리 아기는 아직 요양원을 본 적이 없겠구나. 거긴 도움이 필요하신 할머니와 할아버지들이 잠시 쉬어가는 곳이란다. 편의점 사장님이 할머니를 직접 도와드리고 싶었지만, 일 때문에 어쩔 수가 없었나 봐. 그래, 당장 아빠도 일 때문에 너랑 잘 못 놀아줄 때가 있잖아.

 일이란 건 참, 그런 거란다. 어쩔 수가 없어서 어쩔 수 없을 만큼 곤란한 걸 많이 만들어내는 녀석이야.

 편의점 사장님은 일을 마칠 때마다 할머니에게 찾아가는 수밖에 없었어. 우리 아기도 그렇잖아. 아빠 품에 있으면서도 엄마가 보고 싶잖아. 괜히, 이유도 없이. 편의점 사장님도 그러셨던 거야. 편의점에 종일 발이 묶여 있었지만, 사장님의 엄마가 보고 싶으셨던 거야. 괜히, 이유도 없이.

 그래서 사장님이 할머니를 만나면 말이 많아질 수밖에 없었단다.

 "난 오늘도 별일 없었어. 뭐, 늘 똑같지. 구멍가게에 큰 별일이라고 있겠어요? 그보다 엄마는? 엄마는 심심하지 않았어? 다른 노인네들하고 잘 지내고 있는 거야? 여기 사람들이 뭐 불편하게 한 건 없고?"

 "응, 나는 다 괜찮아."

사장님이 길게 물어보면, 늘 할머니는 괜찮아, 괜찮아, 괜찮아 라고만 답하셨어.

"그러지 말고. 엄마, 전화기 바꿔줄까? 영상통화 되는 걸로 말이야."

"영상통화?"

"응, 나하고 전화로 목소리만 듣는 게 아니라, 이젠 얼굴도 볼 수 있어."

"아니야, 괜찮아. 돈 드는 거 하지 마. 그거 비싸잖아. 너 이렇게 오잖아."

역시 이번에도 할머니는 괜찮아, 괜찮아 라고만 답하셨어.

한동안은 늘 그러셨다고 했어. 딱히 바라는 것도 없다 하시고, 딱히 필요한 것도 없다 하시고, 사장님이 일을 마치고

가면 그저 오늘도 보고 싶었다고 잘 왔다고만 하셨다고 하더라.

이상한 일은 그러던 어느 날 갑자기 찾아왔어. 다른 날과 다름없이 일을 마친 사장님이 할머니를 만나러 갔었지. 평소처럼 자리에 누워있는 할머니에게 다가가서 인사를 했는데, 할머니가 한동안 멍하니 사장님을 쳐다만 보더래.

"아저씨는 누구세요?"

어떻게 된 일일까? 할머니가 사장님을 전혀 알아보지 못하시더라는 거야. 사장님은 깜짝 놀랐어. 살면서 단 한 번도 해보지 않았던 고민을 해야 했으니까.

아, 내가 엄마의 아들이란 걸 엄마에게 어떻게 설명해야 하지?

정말 황당하고 이상한 일이지만, 사실 그리 놀랄 일은 아니란다. 원래부터 어른들은 나이 먹는 게 싫고, 늙어가는 게 싫어서 늘 시간여행을 하고 싶어 하거든. 그런데 시간여행은 아무나 쉽게 할 수 있는 게 아니야. 사장님의 할머니처럼 평생 누군가를 위해 인내하고, 헌신하고, 열심히 사랑한 사람들 몇 명만 노인이 되었을 때 시간여행을 할 수 있어.

그것도 어떻게 딱 정해진 게 아니야. 할머니처럼 사랑이 넘치는 분들에게만 선물처럼 어느 날 갑자기 찾아오거든. 누가, 왜, 갑자기, 그런 선물을 나눠주는지는 아무도 몰라. 하지만, 정말 멋진 선물이지. 원하는 만큼 과거로, 과거로, 시간을 되돌릴 수가 있거든. 다만 사장님과 사장님의 할머니처럼 서로가 좀 불편할 뿐이야. 왜냐면, 시간여행은 할머니만 할 수 있으니까. 그리고 시간여행 중에는 함부로 현재로 돌아올 수도 없거든.

사장님도 그래서 뒤늦게 아시게 된 거야. 그때 할머니는 할머니가 열네 살이었을 때를 여행하고 계셨다고 하더라. 사장님은 같이 시간여행을 할 수 없는 처지라서 답답했지만, 할머니의 얼굴이 이전보다 훨씬 좋아 보여서 아무 말도 하지 않기로 했대.

이후로도 사장님은 늘 일을 마치고 할머니를 찾아갔지만, 할머니는 시간여행을 떠난 상태일 때가 많았어. 시간여행을 마치고 자리로 되돌아오는 시간이 훨씬 더 적을 정도였지. 지나왔던 과거가 그리도 좋으신지 여행을 다녀온 지 얼마 되지도 않아 또 여행을 떠나곤 하셨데.

사장님도 그런 할머니를 이해했지만, 할머니를 보고 싶은 마음은 어쩔 수가 없었어. 그렇잖아, 네가 엄마 품을 찾듯이, 네가 아빠의 웃음을 찾듯이, 그건 이유도 없어. 어쩔 수가 없는 일들은 정말 어쩌기가 힘들거든.

그래서 하루는 할머니가 여행에서 돌아오길 바라며 종일 할머니 옆에만 있었다고 해. 편의점도 문을 열지 않고, 전화벨이 계속 울렸지만 일부러 받지도 않았어. 사장님은 할머니가 너무 보고 싶었거든. 그러다 어느 순간 스물네 살 시절을 여행하던 할머니가 자리로 돌아와 있었어.

"안 되겠다, 엄마. 내가 전화기 새로 사 왔어. 벨이 울리면 그냥 이렇게 화면을 보고 있으면 되는 거야. 내 얼굴이 화면에 나올 거야."

"에이, 이런 거 사지 말라니까. 또 돈을 쓰고 그래. 아껴서 너 좋은 거나 먹지 그래."

"아니야, 이게 좋은 거야. 그래야 엄마도 심심할 때 내 얼굴도 보고, 이야기도 하고, 그게 좋은 거잖아."

"아니야, 난 라디오로도 괜찮아."

"라디오?"

"그래, 네가 전에 사줬던 라디오. 아직 소리만 잘 잡히는걸."

그러면서 할머니가 손을 들어서 가리킨 건 네모난 갑 티슈였어. 사장님은 할머니가 시간여행을 다니기 시작한 이후 처음으로 할머니 앞에서 눈물을 보였데.

사장님이 할머니에게 라디오를 처음이자 마지막으로 선물해 드렸던 건 이미 이십 년 전이었거든. 할머니는 아직 여전히 시간여행 중이셨던 거야. 사장님은 그 순간을 견디지 못하셨어. 할머니 혼자서만 시간여행을 하고 있다는 게 몹시도 견디기가 힘들었다고 해.

그렇잖아, 네가 아빠의 등에 올라타고 싶듯이, 엄마의 아늑한 품에 매달리고 싶듯이, 그냥, 보고 싶고, 그냥, 함께 있고 싶은 건데. 이제는 할머니가 그만 너무 멀리 여행을 떠나서 그러기가 힘들어진 거야. 앞으로는 더더욱 힘들어지겠지. 어쩔 수가 없어서 어쩌지도 못할 상황이니까 사장님도 눈물만 나오더래.

참, 이상한 이야기지? 아빠는 그렇단다. 네게 지금 이 이야기가 이상하게만 들리겠지만, 이것만은 기억해줬으면 해.

세상의 할머니들은 모두 위대한 분들이시란다. 하나같이 사랑이 넘치시는 따뜻한 분들이시지. 사실 우린 모두 할머니들의 사랑으로 오늘을 살 수 있는 거란다.

시간여행은 아무나 쉽게 할 수 있는 게 아니야. 평생 누군가를 위해 인내하고, 헌신하고, 열심히 사랑한 사람들 몇 명만이 노인이 되었을 때 과거로,

과거로, 과거로,

시간여행을 떠날 수 있는 거야.

4. ㄹ
- 라디오로도 괜찮아

괜찮아, 아빠도 쉽진 않더라

Mr. 여름 이불

5. ㅁ

율아, 네가 '여름 이불' 같은 남자가 되면 좋겠구나!

Mr. 여름 이불

 기억에 남을 만한 이야기를 만들기 쉽지만, 아기들 기억에도 남을 만한 이야기를 만들기는 쉽지 않지. 그래서 아빠는 오늘도 고민이 적지 않았단다. 고민? 아, 그러니까 고민이란 건 대충 그런 거란다. 네가 엄마 품에 안겨서 잠들지, 아빠 품에 안겨서 헛발질을 차며 놀지, 둘 중 어떤 게 더 좋을지 생각해보는 그런 거. 모르긴 몰라도 이제 대충은 알겠지? 그래, 맞아. 아빠는 오늘도 어떤 이야기를, 어떻게 해야 사람들이 더 재미있어할까에 대해 생각을 하느라 바빴단다.

그나마 다행이라면. 접이식 간이 매트리스 위에서 몸부림을 치며 이불을 온몸으로 휘감으려는 너를 보고 나서 아빠의 마음이 아주 편해졌다는 거다. 그래, 너의 그런 모습을 보면서 새로운 이야기 하나를 떠올렸지, 뭐냐?

그래서 지금부터 들려줄 이야기는 그 접이식 간이 매트리스 나라의 공주님과 관련된 이야기란다. 그러니까

그리 멀지 않은 옛날, '거실 대륙'에서 가장 넓은 땅을 차지하고 있던 접이식 간이 매트리스 왕국의 매트리스 공주의 이야기란다.

당시 매트리스 왕국의 황제는 고민이 이만저만이 아니었단다. 시집갈 나이가 다 되었는데도 공주가 결혼 생각이 전혀 없었거든.

황제는 일부러 TV 왕자와 쿠션 왕자, 공기청정기 황태자를 왕국으로 초대해 저녁을 대접하기도 했단다. 혹시라도 왕자들에게 공주가 관심을 보일까 싶어서 말이야. 그렇지만, 그건 모두 황제의 어리석은 짓에 불과했단다. 공주는 그들과 몇 마디 질문을 던지고는 곧장 입을 꾹 다물어버렸거든. 질문이

라고 해서 뭐 대단한 것도 아니었단다. 대략 다음과 같은 것들이었지.

"TV 왕자님은 그래서 잠들 때 어떤 자세로 잠드시나요?"

"쿠션 왕자님은 하루 동안 세수를 몇 번 하시나요?"

"공기청정기 황태자님은 쉬는 날을 어떻게 보내시나요?"

그걸 지켜보던 황제도 궁금해졌단다.

"공주야, 대체 왕자들에겐 어떤 생각으로 그런 물음을 던진 거냐? 질문들이 모두 다 다르던데, 혹시 그들 중 마음에 드는 왕자는 전혀 없더냐?"

"아버님도 참 딱하셔요. 다른 나라의 왕자들을 초대했으면서도 그들의 평소 품행이나 생각이 어떤지는 전혀 모르시고, 알려고도 하지 않으시니 말이에요.
TV 왕자는 늘 TV수납장 위에서 선 채로 나랏일을 돌본다고 합니다. 제가 만약 TV 왕자에게 시집을 간다면, 저도 TV 수납장 위에서 선 채로 잠들어야 하는 건 아닌지 알아봐야 하지 않겠습니까?

쿠션 왕자도 그렇습니다. 늘 소파 왕국 집무실에 머물러 있지 않고 이곳저곳으로 유랑하러 다닌다고 하더군요. 그래서 제대로 씻지도 않고 다니는 날이 많다고 하니 확인을 해보려던 거지요.

공기청정기 황태자는 어떻고요. 일을 사시사철 쉬지도 않고 한다고 하더군요. 그럼, 대체 쉬는 날이 있기는 한 것인지, 귀한 휴일을 어떻게 보내는지 정도는 제가 알아야 하지 않겠습니까?"

공주의 이야기를 들은 황제는 한편으론 공주도 결혼 생각이 전혀 없는 건 아닌 것 같아서 기뻤고, 다른 한 편으론 너무 깐깐하게 신랑감을 고르는 것 같아서 걱정도 되었단다.

그래서 몇 날 며칠을 고심하던 황제는 결국 거실 대륙뿐만이 아니라 이웃 나라 큰방과 작은방에까지 공개적으로 공주의 신랑감을 구하겠다고 소문을 냈어.

소문은 순식간에 퍼져서 하루도 지나지 않아 각국의 왕자들로 거실이 빽빽하게 들어찼단다. 그들 중 가장 위세가 등등했던 건 극세사 재질의 두꺼운 겨울 이불이었어.

"다른 어중이떠중이들은 볼 것도 없지. 신랑감으로 나보다 괜찮은 자가 또 있으려고?"

먼 길을 달려왔던 커피포트와 바퀴 달린 의자도 겨울 이불 앞에선 말문이 막혔단다. 겨울 이불의 덩치가 보통이 아니었거든. 평소에는 장롱 안에서 몸을 눕혀서 쉬고 있어 몰랐다지만, 새삼 기지개를 쫙 켜고 나타난 녀석의 덩치는 보통이 아니었던 거야. 뭐, 물론, 그렇지만, 공주의 물음에는 우물쭈물할 수밖에 없었어.

"겨울 이불씨는 평소 장롱 안에서 어떤 꿈을 꾸고 계시는 가요? 그 꿈을 저도 꿀 수는 있는 걸까요?"

겨울 이불이 모두가 보는 앞에서 말문이 막혀버리는 걸 본 다른 신랑감들은 따라서 같이 기가 죽어버렸어. 저렇게 덩치가 큰 위풍당당한 청년도 우물쭈물하게 되는 걸로 봤을 땐 아무래도 공주가 여간내기가 아닐 것 같았던 거야. 그때, 뒤에서 조용히 지켜보던 여름 이불이 앞으로 조용히 걸어 나왔어. 아니, 사실은 가슴을 쫙 펴고 당당하게 걸어 나왔지만, 워낙 무게감이 없다 보니 발걸음 소리조차 들리지 않았던 거야. 그래서 오히려 여름 이불의 걸음걸이는 우아하게 보이기까지 했단다.

"다른 이들은 몰라도 저는 사시사철을 공주님과 함께 보낼 수 있답니다. 곁에 있으면서도 조금도 불편하게 하지 않을 자신도 있죠."

여름 이불을 본 공주는 다른 청혼자들을 대할 때와는 달리 조심스러운 모습을 보였어. 조용히, 그리고 천천히, 여름 이불을 살펴보았지.

"네, 저도 좋아요. 상대가 당신이라면. 우리 오늘부터 서로를 알아보기 위해 시간을 가져도 좋을 거 같아요."

지켜보던 황제는 뛸 듯이 기뻤어. 그러나 그런 기쁨도 잠시였어. 다른 청혼자들에게 했던 것과 달리 여름 이불에겐 따로 어떤 질문도 하지 않는 공주가 불안했던 거야. 여름 이불을 배웅하고 돌아온 공주는 그런 황제의 마음을 이미 잘 알고 있다는 듯이 묻지도 않은 이야기를 먼저 해주었지.

"그는 다른 이들보다 가벼워요. 새털처럼 가볍죠. 그라면 내 무릎 위에서 한 자세로 사시사철을 보내도 전혀 부담되지 않을 거예요. 그렇다고 해서 그가 전혀 무게감이 없거나 존재감이 없는 것도 아니죠. 오히려 그는 추운 겨울날에도 힘을 보탤 수가 있고, 무더운 여름날에도 자리를 지켜줄 수 있는걸요. 그러니 그는 일 년 동안 쉬지 않고 일을 하면서도 매일매일 저와 함께 있는 셈이 되죠. 그러니 저와 천생연분이지 않겠어요?

다른 왕자들과 달리 그는 전혀 부담되지 않는 남자랍니다."

황제는 새삼 공주의 혜안에 놀라워했단다. 황제가 보기엔 세상에서 가장 현명한 아이였어. 기쁜 마음에 황제는 곧 나라 전체에 축제를 열도록 했단다. 아무래도 오래지 않아 공주가 시집을 갈 것 같았거든.

 가볍고, 부드러우면서도, 부담을 주지 않는, 성실한 멋진 신랑감에게 말이야.

5. ㅁ
- Mr. 여름 이불

괜찮아, 아빠도 쉽진 않더라

사파이어와 진주,
그리고 나의 오랜 벗

6. ㅅ

사파이어나 진주 따위가! 아니, 다이아몬드라고 해도!

사파이어와 진주, 그리고 나의 오랜 벗

지금부터 들려줄 이야기는 오랜 옛날이야기라거나 최근에 진짜 있었던 신기하고 놀라운 이야기 같은 게 아니라, 지금 지구 어딘가에서 실제 실시간으로 일어나고 있는 일이란다. 그걸 너에게 바로 알려줄 수 있는 건 TV나 컴퓨터, 인터넷 같은 것 때문이 아니야.

세상에 둘도 없는 특별한 존재, 나의 오랜 벗이 내 마음을 향해 곧은 열정으로 진심을 외치고 있는 걸 내가 들을 수 있기 때문이란다.

보렴, 아빠의 심장이 그 어느 때보다도 빨리 뛰고 있잖아. 두근두근, 두근두근. 그만큼 아빠 친구의 심장도 엄청나게 빨리 뛰고 있단 말이겠지.

그럼, 이제 슬슬 이 친구가 왜 이렇게 흥분하게 되었는지를 이야기해줄까?

아빠의 오랜 친구는 바로 세상에서 가장 값비싼 보석 중 하나란다. 그래서 지금은 진귀한 보석들만 들어갈 수 있는 보석함 안에 조용히 몸을 눕힌 채로 있어. 사파이어 귀걸이, 진주목걸이와 함께 말이야.

"오늘도 여간 따분한 게 아니네."

사파이어 귀걸이가 손으로 입을 가리며 길게 하품을 했어. 그녀는 매일같이 보석함 속에만 갇혀 있는 게 지루해서 견딜 수가 없었던 거야.

"내 고향 마다가스카르가 여기보단 재미있었을 거야."

사파이어 귀걸이는 천천히 다리를 꼬며 몸을 바닥에 기대었단다. 가만히 서 있다고 시간이 빨리 가진 않았거든.

"나도 조개 뱃속이 그리울 정도야. 거긴 그래도 누가 가끔 지나가다가 말이라도 걸어줬지. 여긴 겨우 우리뿐이잖아. 난 이제 너희 집이 마다가스카르인지 빠다까스까르인지 조금도 궁금하지 않을 정도야. 네 곁에 있었던 돌덩어리 친구 녀석들 이름까지 죄다 외울 정도니까 말이야."

동글동글한 진주목걸이가 바닥에 온몸을 굴리며 이상한 노래를 흥얼거리기 시작했지.

"아나라나, 볼라나, 올라나, 아나키아이!"

억양과 발음이 제멋대로이긴 했지만, 그건 아프리카 마다가스카르섬의 말이었단다. 너무 오랜 시간 함께 보석함 속에만 있다 보니 어설픈 대로 뭐든 따라 할 수 있게 된 거야.

"바다에서는 진주가 으뜸 중 하나라더니 너의 천박한 행동을 보고 있으면, 그 말을 믿을 수가 없게 된단 말이야."

사파이어 귀걸이가 다시 몸을 일으켜 천천히 보석함의 가장자리에 몸을 붙여 조심스럽게 걷기 시작했어.

"이젠 인정할 때도 되었잖아. 거기에 보석함 뚜껑을 들어 올릴 수 있는 장치 같은 건 따로 없다니까. 헛수고일 뿐이야. 어차피 장치가 따로 있는 게 아니라면, 우리 힘으로 들어 올릴 수도 없고 말이야."

조용히 그들을 지켜보던 내 친구가 조심스럽게 그들을 달래는 따뜻한 말을 건네주었어. 하지만, 둘 다 누구도 거기에 대꾸해주지 않았어. 사파이어 귀걸이는 혼자서 전혀 다른 이야길 늘어놓기 시작했지.

"정말, 우리들의 주인이란 여자는 미천한 가문 출신이 분명할 거야! 생각해봐, 일 년 동안 아무리 꾸밀 날이 없다 해도 생일과 크리스마스가 있잖아? 그날들만 꾸며도 일 년 동안 두 번은 우리가 바깥세상으로 나갈 수가 있는 거란 말이야! 그런데 난 여기 온 이후로 삼 년 동안 딱 한 번이었어. 믿어져? 말도 안 되는 일이야. 이 여자, 어디 외출할 일이 전혀 없는 미천한 가문이 틀림없을 거야…."

사파이어 귀걸이가 힘없이 제자리에 주저앉더니 소리 내며 울기 시작했어. 진주목걸이는 익숙하다는 듯이 사파이어 귀걸이에게 다가가 등을 다독여줬어.

"괜찮아, 그래도 내가 한 번은 더 나가봤잖아. 근데, 솔직히 정말 볼 게 없긴 하더라. 네 말이 맞는 거 같긴 해. 간만에 외출이라 들떴는데, 기껏 간 곳이 그리 대단해 보이지는 않더라고. 이렇게 되어버린 거… 어쩌면, 주인 여자가 쫄딱 망하길 빌어보는 게 더 빠를지도 모르겠어. 차라리 어딘가로 팔려가면 또 기회가 있을지도 모르잖아?"

진주목걸이의 말에 사파이어 귀걸이는 더 큰소리로 오열을 하기 시작했단다. 정말 보석함 뚜껑이 들썩일 정도로 말이야.

6. ㅅ
- 사파이어와 진주, 그리고 나의 오랜 벗

"내가? 팔려 간다고? 미쳤어? 나, 콘플라워 블루 사파이어 등급이란 말이야! 어? 밝고 투명한, 최고, 최상급이라고! 알아? 내가 그 지하 동굴 속 돌덩어리들 사이에서도 유일하게 투명했던 보석이라고! 아, 내가 이럴 줄 알았어! 저런 천박하고 근본 없는 녀석이 보석함에 들어있는 걸 봤을 때부터 내가 이렇게 될 줄 알았다고! 아, 망했어. 다 망해 버렸어…."

고래고래 고함을 지르던 사파이어 귀걸이가 갑자기 내 친구를 노려보기 시작했어. 어둠 속에서도 빛이 보일 정도로 매섭게 말이야. 가엾은 내 친구는 두려움에 아무런 말도 못 했지. 숨소리조차 함부로 내쉴 수가 없었어.

"워, 워, 이봐 친구. 아무리 그래도 그건 아니야. 그래, 물론, 저 친구가 품질보증서는커녕 한눈에 봐도 싸구려 등급이긴 하지만 그렇다고 함부로 손찌검해선 안 되는 거야. 자네에게도 흔적이 남을 수 있다고. 그리고 저 녀석이 부서지기라도 해봐. 이젠 그 부스러기 파편들하고 여기에 같이 있어야 하는 거라고. 어느 쪽이 더 끔찍하겠어?"

한껏 울분을 터트리던 사파이어 귀걸이였지만, 진주목걸이가 조용조용 솜씨 좋게 달래자 한발 물러서게 되었어.

"역시 깊은 바다 출신이라 그런지 말은 참 잘하는군. 맞아, 저런 모조품 녀석의 부스러기 파편들하고 같이 지낼 순 없지. 내가 흥분했어. 너무 나가고… 싶다는 생각에 그만…."

사파이어 귀걸이는 눈물을 쏟아냈던 게 부끄러웠는지 그대로 돌아앉아서 말문을 닫아버렸어. 진주목걸이도 그제야 자리에 앉아 길게 한숨을 몰아쉬었지.

"그래, 바닷속이 훨씬 좋았지. 조개껍데기는 날 지켜주었고, 난 하루가 다르게 살이 오르고 있었으니까. 가끔 찾아오는 녀석들 덕에 이만큼 지루하지도 않았어. 제법 먼 길을 날아와서 여기까지 왔는데, 이렇게 지루할지 누가 알았겠어? 그래, 이젠 인정할 수밖에 없겠네. 내 인생 최고의 순간은 매장 진열대에서 선택을 당하던 순간이었어.
적어도 그땐 이런 곳에 갇혀서 지낼 줄은 전혀 몰랐으니까. 오히려 훨씬 화려한 곳으로 갈 줄만 알았으니까. 그럴 만하잖아? 내가 누구야? 바다의 보석, 진주 아니겠냐고. 그런데… 기가 찰 노릇이지. 근본도 모를 녀석하고 한 곳에서 무작정 기다리고만 있어야 한다니!"

이번에는 진주목걸이도 내 친구를 노려보았어. 다들 지금의 곤란함이 모두 내 친구의 탓인 거처럼 생각하고 있었던 거야. 출신이 너무 다르단 이유 하나만으로 말이야.

아, 친구의 사연을 계속 듣고 있자니 아빠의 가슴이 너무 아프구나. 어리석은 귀걸이와 목걸이 때문에 나의 친구가 이토록 불공평한 대우를 받아야만 하다니! 더 이상 참고만 있기가 너무 힘들구나. 내가 당장 이 녀석들을 찾아내서 비닐봉지에 담아야겠어. 평생 봉지째로 보관해줄 테야!

"그랬구나. 진주는 바다 깊은 곳에서 찾아온 귀한 존재고, 사파이어는 아프리카 지하 동굴 깊은 곳에서 홀로 빛나던 귀한 존재였구나. 그래, 속상한 마음들은 잘 알겠어. 너희들과 비교하자면, 내 출신이 별로 탐탁지 않은 건 맞을 거야. 지금까지 내가 어디 출신인지 말을 않고 있었던 건 그러지 않아도 속상할 텐데, 이 사실까지 알게 되면 너희가 정말 억울할 거 같아서였어."

바로 그 순간, 지금까지 구석에서 숨조차 조용히 조심스레 내쉬던 나의 친구가 드디어 입을 열었어. 아, 아까의 두근거림은 바로 이 순간 때문이었구나!

"미안하지만 나는 최상급 보석 같은 게 아니야. 그렇다고 그런 것들의 모조품도 아니지. 난 사실 너희와는 전혀 다른 존재야. 나와 나의 형제들은 음료수 공장에서 한날한시에 함께 태어났어. 내가 기억하고 있는 형제의 수만 해도 당장 수백 명이란다. 우린 똑같은 틀 안에서 만들어져 탄생한 알루미늄 캔이니까 말이야."

애써 덤덤하게 흥분을 감추며 말을 하는 내 친구와 달리 이야길 듣고 있던 녀석들은 까무러치고 말았어.

"말도 안 돼! 알루미늄 캔이라니? 넌 반지잖아! 손가락에

6. ㅅ
- 사파이어와 진주, 그리고 나의 오랜 벗

들어갈 구멍도 있고, 그 위로는 구부러진 장식도 있잖아! 네가 어딜 봐서 캔이라는 거야?"

"정확히는 캔이었던 몸이지. 난 캔의 입구를 막고 있었던 병따개에 불과하니까."

"병따개?"

사파이어 귀걸이는 귀에 매달렸을 때보다도 더 흔들렸고, 진주목걸이는 축 늘어져서 입도 벙긋하질 못했어.

"그래, 병따개. 난 너희들처럼 태생이 훌륭한 몸은 아니지만, 너희들이 가지지 못한 걸 가진 몸이라서 이 자리에 있을 수 있는 거야. 미안하지만, 난 너희보다도 훨씬 값진 몸이거든. 출신 성분만 중요하게 생각하는 너희들은 죽었다 깨어나도 이해할 수 없겠지만 말이야.
이 집 주인 여자에게 나는 평생의 잊지 못할 추억이야. 내 존재가 그 상징이지.
그래, 이 집의 주인 여자와 남자는 과거에는 가난했던 사람들이야. 지금은 결코 아니지만. 모르겠냐? 이제는 너희를 보석상에서 사서 가지고 올만큼의 형편은 되는 사람들이란 말이야. 바보들 같으니라고…

그때만 해도 가난했던 사람들이라서 너희처럼 잘난 녀석들을 구할 형편이 안되었던 거지. 그래서 내 존재가 값진 거란다. 난 주인 남자가 당시 전 재산을 털어서 자릴 마련했던 저녁 식사에 딸려 나왔던 몸이었어. 그래도 남자는 당당했고, 여자는 그런 당당한 남자가 좋았지. 남자가 캔에서 나를 떼어내어 여자의 손가락에 끼었을 때 얼마나 행복해했는지를 너흰 모를 거야. 그래, 절대 모를 거야. 난 아직도 주인 여자의 손가락이 떨려오던 걸 기억하고 있어. 너희는 절대 모를 감각이겠지만 말이야."

아, 이제 좀 속이 후련하구나. 그래, 내 친구는 사실 거기 있는 다른 녀석들보다 훨씬 더 값진 녀석이었어. 보석함은 사실 내 친구를 위해 내가 만들어준 거였지. 나머지는 다 그리 중요한 놈들도 아닌 걸. 너희 엄마도 그걸 잘 알아서 여전히 내 친구를 소중히 간직해 주는 거잖아. 안 되겠어, 아무래도 참을 수가 없어. 당장 엄마의 보석함을 찾아보자.

6. ㅅ
- 사파이어와 진주, 그리고 나의 오랜 벗

다른 녀석들은 정말 다 비닐봉지에 넣어버려야겠어!

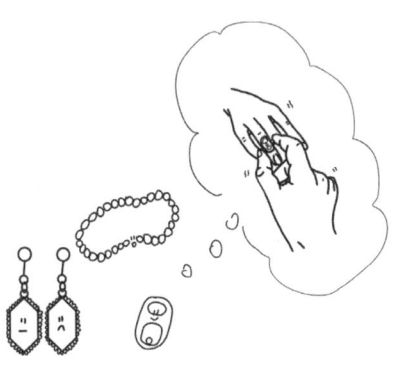

6. ㅅ
- 사파이어와 진주, 그리고 나의 오랜 벗

괜찮아, 아빠도 쉽진 않더라

요술공주가 된 마녀

7. ㅇ

누구나 공주나 왕자가 될 수 있지!

요술공주가 된 마녀

오늘도 나무들은 푸르고 꽃들은 울긋불긋 화사하게 옷을 챙겨입었구나. 이런 날씨에 집에만 있는 건 실례란다. 아빠와 함께 밖으로 나가보자. 아름다운 것들은 모두 한순간이거든. 그래서 순간을 제대로 즐기고 기억하는 건 아주 중요한 일이란다.

아, 그리고 하나만 더 기억하자. 아름다움을 즐기는 것보다 더 중요한 건 세상을 아름답게 보기 위해 마음을 열어놓는 거란다. 겉으로만 보기 좋은 건 누구나 다 즐길 수 있는 거지만, 남들이 쉽게 놓치는 순간도 아름답게 볼 수 있는 사람은 다른 사람들보다 훨씬 더 즐거운 세상을 살 수 있거든.

하하, 우리 아기는 아직 이게 다 무슨 말인지 하나도 모르겠지? 그래, 늘 아빠가 욕심이 앞서는구나. 그럼, 그냥, 오늘도 이야기를 하나 들려주마. 어여쁜 요술공주가 된 늙은 마녀에 관한 이야기란다.

사람은 누구나 다 살면서 가장 젊고 아름다운 날들을 한 번씩은 맞이한단다. 늙은 마녀 역시 마찬가지였어. 한때는 긴 밤색 머리에 윤기가 흘렀고, 허리는 개미처럼 잘록했지. 피부가 얼마나 고왔는지는 말할 필요도 없어.

다만 대부분의 젊은 사람들이 그렇듯이 마녀 역시 그 순간을 감사히 여기며 가꾸어나가질 못했단다. 당연한 건 줄로만 알았던 거야. 오히려 또래의 다른 사람들과 비교해보고 상심하는 날이 더 많았어. 아무리 봐도 마녀보다 옆집 여자아이의 입술이 더 도톰한 거 같았고, 뒷집 아가씨의 피부가 더 탄력 있고 매끈한 거 같았거든.

그래서 마녀는 대부분의 사람들이 저지르는 매우 흔한 잘못을 아무렇지 않게 저질러버리게 되고, 그게 잘못인지도 모른 채 살게 되었던 거야. 누구에게나 오늘이 살아가면서 가장 어리고 멋진 날이란 걸 무시해버렸던 거야.

마녀가 점이 박힌 매부리코와 검버섯이 핀 늘어진 주름을 가지게 된 건 다 그럴 만해서라는 거지. 마녀는 스스로의 아름다움조차 알아보질 못해서 누구도 만나려 하지 않았던 거야. 그냥 보통의 마녀들처럼 집에 커다란 솥을 두고서는 이상한 재료들을 넣고 종일 끓이기만 했어. 개구리의 피부라든가, 찔레꽃의 뿌리, 갓난아기의 손톱과 진흙을 바른 지렁이 같은 것들 말이야.

이상한 재료들이, 이상한 솥에서, 이상하게 끓어오르니까 그게 오죽 독했을까? 그 검은 기운들이 몽땅 마녀의 얼굴과 피부, 뼈마디에 스며들었던 거야. 아, 그런데 왜 그렇게 끓이는 것에 집착했냐고? 사실 이유는 단순해. 그렇게 이상한 것들끼리 모아서 끓인 걸 다른 여자들에게 먹이고 싶었던 거야.

그럼, 적어도 그 여자들보단 자기가 아름다울 수 있을 거라고 생각했던 거지. 바보같이. 그렇게 어렵게 끓이는 것까진 잘 끓였지만, 어떻게 그 독한 걸 먹일까에 대해선 아무런 대책도 없었으면서 말이야. 덕분에 그러는 동안 마녀는 여느 다른 마녀들처럼 등이 굽은 늙은 마녀가 되어 있었던 거야.

아빠는 처음 그 늙은 마녀에 관한 이야길 들었을 때, 너무 안타까웠단다. 차라리 어렵게 만들 거면 독약을 만들기보단 황금이라도 만들려고 했으면 또 모르잖아? 그럼, 쓸모라도 많았을 테니까 말이야. 그런데 굳이 독약만 만들려고 했던 걸 보면, 그건 또 그거대로 자신이 없었나 봐. 물론, 그런 마녀라고 해서 인생에서 전혀 기회가 찾아오지 않는 건 아니었어. 다행히 마녀에겐 작은 새끼고양이 한 마리가 찾아왔거든.

그 고양이는 햇살을 받으면 털의 빛깔이 달라지고, 바람이 불면 바람의 결을 따라 털이 빗겨지는 멋진 녀석이었어. 다만 갓 태어났을 때 이미 어미가 숨을 거둔 뒤였다는 게 문제였지. 그래도 운이 좋아서 그 순간 마녀를 만날 수 있었던 거야. 때마침 그날도 늙은 마녀가 하수구 벽면에 핀 곰팡이를 재료로 챙겨가려고 뒷골목을 어슬렁거릴 때였거든.

등이 굽어서 지팡이에 겨우 의지하던 마녀였지만, 아직 새끼고양이는 품에 안아줄 수 있었어. 덕분에 둘은 함께할 수 있었단다. 그리고 마녀가 고양이를 돕고, 고양이도 마녀를 돕기 시작했어. 그게 어떻게 가능하냐고? 음, 세상 사람들이 다 안다고 착각하면서 여전히 잘 모르고 있는 사실이 하나 있단다. 그건 바로 아름다움에는 말이 많이 필요 없다는 거야. 거기에 불필요하게 이유를 찾거나 감정을 과하게 녹일 필요도 없단다. 아름다운 건 그냥 그것만으로 충분한 거지.

고양이에겐 고운 털과 눈, 온순한 성격이 있어서 아름다웠고, 마녀에겐 자기보다 약하고 어린 생명을 보듬어 줄 수 있는 마음이 남아 있어 아름다웠거든. 그래서 그리 오래 걸리지는 않았단다. 마녀와 마녀의 고양이에게 기적이 찾아오는 게 말이야.

그건 정말 어느 날 갑자기 일어난 일이었어. 햇살 아래에서 흔들의자에 앉은 채로 고양이를 무릎에 올려 등을 쓰다듬을 때 일어난 일이었어. 순간이 영원처럼 길게 느껴지는 특이한 경험을 하게 된 거야. 그건 어쩌면 고양이가 평소보다 기지개를 더 크게 켜서 그런 것일 수도 있고, 햇살에 털의 빛깔이 반사되어 그런 것일지도 모르지. 어떤 이유에서든 찰나의 순간이 마녀의 마음을 지나쳐갔던 것은 분명하거든.

"아, 이 아이를, 이 아이가 내게 안겨다 주고 있는 우주만큼 넓은 축복을, 세상 사람들에게 알려주고 싶다. 당당히."

그러기 위해서는 자신부터 달라져야 한다는 걸 마녀는 직관적으로 알 수 있었어. 사람들이 다가오기 꺼려하는 모습으론 무리라는 걸 잘 알고 있었던 거야.

그날, 그 순간 이후로 마녀가 얼마나 노력했는지 모른단다. 간혹 사람들은 그런 마음을 먹은 것만으로 인생이 하루아침에 달라진 것처럼 굴기도 하지만, 정말 중요한 건 인내라는 미덕이야.
얼굴을 씻고, 옷을 갈아입고, 밝은 미소를 머금은 채 큰길로 다니는 것부터가 변화의 시작이지만, 변화의 과정은 얼마나 더딘지 모른단다. 전력으로 질주하는 달팽이처럼 힘들기만 하고 좀처럼 티가 나지 않는 일이야. 마음을 먹은 것과는 달리 당장 아무런 일도 일어나지 않고, 그렇게 또 며칠이 지나다 보면 어느 순간 다시 마음이 녹아내려 있어서 모든 게 제자리로 돌아와 버리는 경우도 흔하지.

얼굴을 씻고, 옷을 갈아입고, 밝은 미소를 머금은 채 큰길로 다니고, 타인에게 사소한 친절을 아끼지 않는 것. 마녀는 그렇게 하루에 한 가지씩을 더하여 행동하였고, 쉬지 않고 이어갔어. 날려 먹은 과거를 교훈으로 인내하는 법을 제대로 익혔던 거야.

그러는 동안 마녀는 조금도 눈치채지 못했단다. 늘 함께 걷는 고양이의 키가 조금씩 더 자랐다는 것을, 털의 빛깔이 조금씩 더 짙어지고, 눈매가 더 날렵해진 것을 말이야. 변화라는 게, 성장이란 게 원래 그런 것이거든. 곁에 있는 사람들은 보고 있으면서도 놓쳐버릴 때가 많아.

이제 똑똑한 너는 충분히 상상할 수 있겠지? 마녀가 어떻게 요술공주로 거듭났을지 말이야? 변화의 과정을 인내하였으니 결말이 행복하게 끝나면 모두가 좋겠지. 듣기 참 좋은 이야기로 기억이 될 거야.

그렇지만, 그렇다고 해서 아빠는 네게 마녀가 노력 끝에 당연히 보상을 받게 된다는 식의 이야긴 해주고 싶지 않구나. 왜냐면, 흔히들 어떤 보상이라고 하면 외형적이거나 물질적인 것들로 이해를 해버리니까. 물론, 그건 참 많은 것들을 쉽게 만들어 버리기는 하지만, 아빠는 남들이 흔히들 알고 있는 결말보단 남들에게 잘 알려지지 않은 부분들을 말해주며 이야길 끝맺고 싶구나.

그래서 이후에 마녀가 우연히 구하게 되는 요술나라의 지팡이라든지, 이야기 마지막에 이르러 고양이가 저주에서 풀려 멋진 왕자로 변한다든지 하는 부분들은 다 생략해 버리기로 했어. 그런 건 이제 재미가 있지도 않을뿐더러 네게 그리 큰 도움이 될 것 같지도 않으니까. 그보단 마녀가 그간 집 안에 걸어두었던 이상한 솥을 버리고 새롭게 깔끔한 솥을 구했다는 걸 말해주고 싶어. 그리고 그 솥에 부드럽고 연한, 아주

촉촉한 수프를 끓이기 시작했다는 걸 말이야. 그래서 그걸 아침마다 거리의 사람들에게 나눠주는 사람이 되었단 사실도.

괜찮아, 아빠도 쉽진 않더라

포크의 고백

8. ㅍ

어른의 덕목? 그런 건 나도 잘 모르겠다만,
다들 용케도 버티어 내더리고.

포크의 고백

 우리가 식사하는 동안에는 소곤소곤 우리끼리 나누는 대화 소리와 쩝쩝쩝 음식을 씹고, 삼키는 소리만 들리지. 그런데 그거 알고 있었니? 우리가 식사를 마치고 식탁을 정리하고 나면 슬슬 수저통이 시끄러워진다는 사실을 말이야.

 믿기 힘들겠지만, 숟가락과 젓가락, 포크는 자주 수다를 떤단다. 정말이야. 이미 이건 비밀도 아니야. 19세기 런던에서 포일드 라는 신사가 최초로 그들의 수다를 목격하고서는 신문에 기고까지 했는걸? 그래서 그 이후로 미국과 스페인,

독일 등에서 차례대로 목격담이 이어졌단다. 물론, 인도를 비롯한 중앙아시아 쪽에서는 그 후로도 오랫동안 이 사실을 모른 채 지내긴 했어. 그들은 대부분 맨손으로 음식을 집어 먹었거든.

아, 중요한 건 그게 아니라, 우리 집 수저통에서 숟가락과 젓가락, 포크가 나누는 이야길 아빠가 들었다는 사실이야. 신기하지? 그때 네가 잠들어 있지만 않았다면 같이 들을 수 있었을 텐데, 좀 아쉽네. 확실히 숨어서 엿들을 만한 가치가 있는 이야기였거든.

그러니까 지난주에 우리가 간식으로 따뜻하고 달콤한 크림수프에 빵을 찍어 먹었던 날이 있었잖아? 그래, 그걸 먹고 나서 얼마 지나지 않아서였어. 아빠가 너를 재운 다음 커피를 끓여 마시려고 할 때였지. 글쎄, 수저통이 달그락달그락 소리를 내고 있지 뭐야!

"아, 수프에 몸이 감기는 느낌이 너무 좋아. 기름기 둥둥 떠다니는 고깃국물에 담겨질 때랑은 완전히 달라."

그건 분명 숟가락이었어. 숟가락은 평소에도 수프를 아주 좋아했나 봐. 고깃국을 달가워하지 않았다는 건 굉장히 의외였지만 말이야.

"이번에는 내가 나설 일이 없어서 좋았어. 역시 그냥 몸을 눕히고 쉬고 있는 게 최고라니까. 인간들이 매번 양식만 먹었으면 좋겠네."

몸을 곧게 펴서 눕힌 젓가락이었어. 알고 보니 숟가락보다도 훨씬 권태로운 녀석이더라고.

"난 정말 곤욕이었어."

울상이 된 포크가 고개를 숙이며 말했어. 어찌나 힘없이 말하던지, 포크의 날카로운 날이 못 쓸 정도로 구부러진 것처럼 보일 정도였어.

"응? 오늘 빵이 구름보다도 더 부드러웠던 걸로 기억하는데, 곤욕스러울 일이 있었다고?"

숟가락이 전혀 이해할 수 없다는 표정으로 포크를 돌아봤어. 둥그런 얼굴이 각이 진 것처럼 보일 정도로 얼굴을 바짝 포크에게 들이밀었지. 아마도 숟가락은 궁금한 건 참을 수 없는 성격인가 봐.

"그래서 곤란했다는 거야. 아주 곤란했어. 아휴, 말하기 너무 힘들군."

"뭐, 우리끼리인데 말 못 할 게 뭐가 있어?"

젓가락도 누운 채로 몸을 돌려 포크를 돌아봤어. 그래도 포크는 한동안 안절부절못하며 말을 쉽게 꺼내질 못했지. 그러다 어렵게 말을 꺼낸 건 기다리다 지친 숟가락이 등을 돌리는 걸 본 다음이었어.

"믿기 힘들겠지만, 난, 그러니까, 음, 찌, 찌…르는 게… 싫어. 정말, 싫어."

"뭐, 뭐라고?!"

갑작스러운 포크의 고백에 숟가락과 젓가락은 동시에 몸을 일으켰어.

"그게 내가 해야 할 일이라는 건 잘 알지만, 정말이야, 누구든 상처 입히는 게 싫어! 나의 날카로운 날을 봐. 누구든, 무엇이든, 그냥 구멍이 뚫리고 말아버린다고. 심지어 인간들도 나를 함부로 다루지 않아. 다른 인간을 향해 겨누지도 않는다고. 인간의 살점도 그냥 뚫어버릴 수가 있으니까. 너희는 잘 모르겠지만, 그건 정말 무서운 거야. 뭐가 되었든 내가 구멍을 뚫어버리면, 그 안에 들어있던 즙이 터져 나오며 내게… 무, 묵, 묻어버린다고."

포크는 단숨에 말을 토해내는가 싶더니 제자리에 드러누워 눈물을 흘리기 시작했어. 아, 아닌가? 지금 다시 생각해보니까 설거지하다가 남은 물기가 흘러내린 것 같기도 하고. 몰라, 하여튼, 그게 중요한 건 아니니까. 중요한 건 포크가 진심으로 슬퍼하더란 거야!

"이봐, 그건 듣는 우리도 감당하기 벅찬 사실인데? 와우, 지금까지 뭐든 구멍을 숭숭 뚫어버리던 녀석이 찌르는 게 싫다고 주저앉아버리다니… 이거, 미안한데, 솔직히 어떻게 위로를 해줘야 할지 모르겠어."

진심으로 당황한 숟가락이 뒤로 한 발짝 물러섰어. 얼마나 당황했는지 정말 얼굴이 네모로 보일 정도였지. 굳어버린 거야. 그나마 성숙한 젓가락이 포크에게 다가가 등을 두드려줬어.

"진작 말을 하지 그랬어? 그럼, 매번 힘들었을 텐데, 지금까지 어떻게 참아온 거야? 생긴 건 뭐든 구멍을 내게 생긴 녀석이 그렇게 갑자기 말을 하니까 우리도 매우 당황스러워서 그래. 미안하기도 하고. 그간 그런 것도 몰라주고 영양가 없는 수다나 떨었으니 네가 얼마나 속이 탔겠어?"

어떤 음식이든 상처를 입히지 않고 섬세하게 들어 올리는 젓가락답게 상심으로 얼룩진 포크의 마음을 세심하게 다독여 줬어.

"나도 아니까, 이런 생김새를 하고서는 찌르는 게 무서워서 싫다는 둥 그런 소리를 하면 얼마나 바보같이 보일 수 있는지 말이야. 내가 생각해도 어이가 없는데, 너희는 얼마나 우습겠어?"

포크는 그렇게 한참 동안 몸을 뒤척였어. 몸과 마음이 다 괴로웠나 봐.

한참이 지나도 포크가 진정되질 않자 숟가락과 젓가락도 결국 등을 돌리고 각자의 자리로 돌아갔어. 문제는 아빠였지. 포크의 마음이 진정될 때까지 조금 더 기다려줘야겠다는 마음과 더 늦기 전에 커피를 끓이고 싶은 마음이 충돌했거든. 팽팽한 줄다리기가 끝날 생각을 하지 않았어.

그래서 새삼 아빠는 네가 참 대단하다고 생각을 한단다. 넌 기억도 못 하겠지만, 네가 결정을 못 내리던 아빠를 도와

졌거든. 네가 잠결에 뒤척이는 소리를 내준 거야. 하하하, 다음 순간 나도 모르게 손이 나가더라고.

대뜸 포크를 집어 들고서는 남아있던 빵에 찔러넣었어.

"미안해, 하지만 익숙해져야 해! 어쩔 수 없잖아, 이게 네가 해야만 하는, 너의 일이잖아!"

- 포크의 고백

괜찮아, 아빠도 쉽진 않더라

커피나무를 북극 스타일로

9. ㅋ

북극곰은 아주 쿨하고 힙해!

커피나무를 북극 스타일로

아빠는 밤하늘의 별을 보고, 비 온 다음 꽃밭을 거닐고, 부서지는 파도에 발을 적시는 것만큼 우리 집 발코니에서 햇살을 받으며 커피를 마시는 걸 즐긴단다. 커피 향이 안겨주는 따스함은 사계절 동안 늘 한결같거든.

워낙 커피가 매력적이라 많은 사람들이 아빠처럼 커피를 즐기고 있어. 커피를 판매하는 카페도 해마다 늘고, 커피 맛을 위해 노력하는 로스터와 바리스타들도 늘고, 일하기 위해서라도 커피 없이는 죽고 못 산다는 사람들도 늘고 있지. 정말 어마어마할 정도로 많은 사람들이 매일매일 커피를 마시고 있단다. 아, 그것도 우리나라만 그런 게 아니라, 정말 세계적인 수준이란다. 유럽 사람들은 말할 것도 없고, 아랍 사람들은 술 대신 커피를 마셔서 거기에 사는 사람들은 보통 하루에 스물다섯 잔씩 마신다더라. 어마어마한 거지. 아마 하루 동안 전 세계 사람들이 마시는 커피만 모아도 호수 하나는 거뜬히 만들걸?

그래서 그런지 커피 덕에 지구 전체가 난리야. 사실 커피 한 잔을 마시는 데 필요한 게 너무 많거든. 특히 외출해서 마시는 커피들은 더욱 그래. 플라스틱으로 된 휴대용 커피잔부터 빨대, 냅킨까지 필요하니까. 하루에 쏟아지는 플라스틱들만 모아도 호수 두 개 정도는 거뜬히 만들걸?

아빠는 그런 생각이 들더라고. 커피 하나만 하더라도 매일매일 호수가 몇 개씩 만들어지다 보면 커피나무가 디디고 있을 땅까지 모자라게 되는 날이 오는 게 아닐까 하고 말이야. 아니나 다를까 아빠보다 훨씬 머리가 좋은 누군가가 그런 이야길 해주긴 했어. 네가 아빠만큼 자라기 전에 지구의 날씨가 먼저 변할 거라고. 그래서 커피나무를 심을 수 있는 곳도 줄어들고, 맛도 바뀔 거라고. 아, 네가 이 맛을 온전히 느끼지 못할 수도 있단 생각을 하니 아빠는 괜히 슬퍼지는구나.

이런 우울한 이야기보단 아빠가 커피를 가장 맛나게 즐겼던 날의 이야기를 해줄게. 아마 네가 딱 좋아할 만한 이야기일 거야. 그럴 수밖에 없는 게 이 이야기에는 북극곰도 나오고, 펭귄도 나오고, 오로라도 나오거든. 어때? 기대되지? 맞아, 아빠도 그날은 꽤 흥분되었거든.

그땐 아직 네가 엄마 배 속에 있을 때였어. 엄마와 아빠는 네가 세상에 찾아왔을 때 입으면 좋을 것 같은 옷들을 고르고 있을 때였지. 아직도 선명하게 기억해. 마트에서 고른 옷인데, 네게 어울릴 법한 귀여운 펭귄이 그려져 있었어. 그래, 팔이 짧은 그 펭귄 때문이었는지 어땠는지는 몰라도 마트에서 돌아와 컴퓨터를 켜려고 서재로 들어섰는데, 아빠 자리에 북극곰이 앉아 있더라고.

"안녕?"

"어, 그래, 안녕?"

정말 놀라서 입이 절로 벌어지더라. 아빠의 컴퓨터 책상과 의자가 그렇게 단단한 줄 몰랐거든. 북극곰이 앉아서 의자를 뒤로 젖혀도 부서지지 않더라니까? 그 사실에 일단 한번 놀라고, 뒤늦게 문을 잠가둔 집에 북극곰이 제 발로 들어왔단 사실에 또 놀라고, 겨우 정신을 차릴 때쯤, 북극곰이 한국말로 내게 먼저 인사를 했단 사실을 알고 하마터면 그 자리에서 그대로 기절할 뻔했지.

"넌 나를 봐도 별로 놀라지도 않는구나?"

"아니, 너무 놀라서 그래. 미안한데, 바지 좀 갈아입고 와도 될까? 아무래도 나도 모르게 실례를 했나 봐."

아빠가 북극곰과는 첫 만남이었지만, 그다지 신사다운 인상을 주진 못했던 거야. 그건 지금도 미안하게 생각하고 있어. 다행히 북극곰은 아빠보다 훨씬 신사답더라고 바지를 갈아입고 다시 나타날 때까지 얌전히 제자리에서 기다려줬거든.

"음, 그럼, 우리 커피라도 한잔할까?"

"좋지. 난 카푸치노로 부탁해."

"넌 북극에서 왔지만 이탈리아식이구나?"

"응, 아메리카식은 나랑 뭐든 여러모로 맞지 않아서. 뭐, 괜찮은 건 코카콜라 정도지."

정말 유쾌한 곰이었어. 그리고 함께 나눠마신 커피는 아빠 인생에서 최고의 커피였어. 그날따라 향도 깊었고, 신맛도 적절했거든. 뭐, 내가 만든 카푸치노가 북극곰 입에 정말 잘 맞았는지는 모르겠다만.

"그런데 여기까지 어쩐 일이야?"

"참, 빨리도 물어보는구나."

"네가 여독으로 피곤할까 싶어서 나름의 배려지."

"넌 경상도 사람이지만 충청도식이구나?"

정말 나보다 훨씬 더 농담을 잘하더라니까? 느긋하게 툭 툭 던지는 말에 정신이 혼미할 정도였어. 말문이 막혀서 애꿎은 커피만 홀짝였지.

"사실 여행 중이야. 세계를 돌면서 글쟁이들을 만나보고 있어. 꽤 피곤한 일이긴 해."

"그래? 그런데 그런 것치고는 전혀 유명하지 않은 사람을 찾아온 거 같은데? 기왕 힘들여서 세계를 여행하는 건데, 노벨상 수상자나 후보자까지는 아니더라도 제법 명예로운 작가분들을 찾아가 보는 게 좋지 않겠어? 일단 넌 북극의 아이콘, 북극곰이잖아. 그러니까 네가 슈퍼스타라면, 난 널 쫓아다니는 사생팬의 손톱에 낀 때 정도라고나 할까?"

"아, 그건 내 투자 스타일이 단기투자가 아니라 장기투자라서 그래. '오늘 당장'을 보기보단 '내일'을 보고 베팅하는 중이거든."

북극곰이 제법 진지한 얼굴로 대꾸를 했어. 하긴 북극곰이 농담 따먹기나 하자고 그 먼 길을 여행해서 오진 않았을 테니까. 결정적으로 여긴 북극곰이 머물기엔 너무 더운 곳이니까.

"내년이면 아이가 태어난다고?"

"맞아. 어떻게 알았어?"

"그건 중요한 게 아니야. 그것보단 내년에 태어날 너의 자식은 이렇게 멋진 카푸치노를 평생 맛보지 못할 수도 있다는 게 문제지."

맞아, 아빠에게 커피나무 재배지가 줄어들고 있단 사실을 알려준 건 아빠보다 훨씬 똑똑한 북극곰이었어. 정말, 굉장히 똑똑하더라고. 본격적으로 환경문제에 대해서 이야길 시작하는데, 글쎄, 안경까지 쓰더라니까? 난 정말 어디 교수님인 줄 알았잖아.

"그러니까 당장 재활용을 하고 탄소를 줄이지 않으면, 내 자식들은 하얀 털이 아니라 누런 털이 되고, 몸을 눕힐 빙하도 없을 거야. 그때까진 괜찮다고 생각할지 몰라도 다음은 너의 자식들이지. 커피를 모른 채 자랄 테고, 파스타나 갈비찜이 아니라 물과 공기를 사 먹기 위해 노동을 하겠지."

"잘 알겠어. 그런데 이런 이야길 나한테 해도 괜찮은 걸까? 나야 경각심을 가지겠지만, 정작 움직여줘야 할 사람들은 전혀 움직일 생각을 하지 않는 걸?"

"나도 알아. 그래서 너한테라도 이야길 하는 거야. 그렇다고 내가 먼저 포기할 수도 없는 거잖아."

그러고 나서는 아빠의 컴퓨터 의자에서 일어나 다가오더라고. 하마터면 바지에다 또 실례할 뻔했어. 어떻게 의자에 앉아 있을 수 있었던 건지 정말 신기할 정도였어. 대략 아빠 키의 3배는 되는 것 같았어. 머리가 천장에 닿아서 고개를 앞으로 길게 숙일 정도였으니까. 악수를 하자고 손을 내미는데 손바닥이 내 상반신을 다 가릴 정도였지.

"이미 유명한 사람들이 내 이야길 듣지 않는다면, 앞으로 유명해질 수도 있는 사람이 내 이야길 들어주는 것도 나쁘지 않겠지. 부디 그러길 바라."

"정말 고마워. 우리 아이들을 위해서라도 노력해볼게."

"미안하지만 네가 오기 전에 네가 쓴 글들을 읽어봤어. 노력… 엄청나게 하긴 해야겠더라. 그럼, 이만 나는 가볼게."

"어, 그럼, 돌아가는 건 어떻게 가려고? 네가 지하철이라도 타려고? 택시도 타기 버거울 거 같은데?"

"아니, 그건 너무 한국 스타일이잖아. 난 북극 스타일이라서. 오로라를 타고 돌아갈 거야."

그러고 나서는 발코니로 가서 창을 열었어. 정말 코앞까지 오로라가 내려와 있더라고. 아빠는 그때서야 북극곰이랑 사진 한 장 찍어두질 않았다는 걸 기억해냈지. 다급하게 핸드폰을 찾기 시작했는데, 확실히 북극 스타일이 멋지더라. 벌써 오로라 계단이 사라지고 보이지도 않더라고.

정말이야, 아니면 아빠 의자가 저렇게 고장이 날 수도 없는 거잖아.

9. ㅋ
- 커피나무를 북극 스타일로

괜찮아, 아빠도 쉽진 않더라

하와이에서 해먹에 몸을 눕히기까지

10. ㅎ

성실함이 지나칠 필요는 없지만, 바탕은 되어야겠지

하와이에서 해먹에 몸을 눕히기까지

 해가 뜨고 달이 지면, 구름이 피어오르고, 별은 또 석양 뒤에서 차례를 기다리지. 하늘은 매번 다른 얼굴이지만, 그렇다고 이 순서가 바뀐 적은 없단다. 단 한 번도. 여름이면 날이 더운 것도, 겨울이면 추워지는 것도 매년 같았고, 봄이 오면 겨울잠에서 깨어난 꽃들이 들판을 뒤덮는 것도 항상 어김이 없었어. 그래, 자연은 늘 규칙적이고 알기가 쉬워. 그래서 어쩌다 찾아오는 태풍과 가뭄, 홍수마저도 대략 그 시기 정도는 예측할 수도 있을 정도야.

그런데 인간들의 삶은 그런 대략적인 예측조차 어려울 때가 있어. 특히 지금 하와이 해변 야자수 그늘에서 해먹을 펼치고 몸을 눕힌 김막판 할아버지의 일생은 유독 더 심했단다. 처음부터 지금까지 늘 예측을 빗나갔어. 당장 할아버지의 이름부터 그랬어. 이젠 자식들 좀 그만 낳자고, 마지막으로 낳고 말자고 할아버지의 아버지가 막판으로 이름을 지었지만, 오래지 않아서 아직 끝나지 않았다고 또 동생 끝판이가 태어났으니까 말이야.

시작부터 이랬으니까 살면서는 또 얼마나 전적이 화려했겠어? 조금이라도 단조롭게 반복되는 일상은 견디지를 못하셨어. 오죽하면 아기 때부터 젖을 달라고 우는 시간도 매번 달랐고, 잠을 청하는 시간도 매일 달랐지. 좀 자라서 말을 할 줄 알면 달라질까 싶었더니 밥을 챙겨 먹는 시간이 일정하면 밥을 먹는 양이 달랐고, 밥을 먹는 양이 일정하면, 밥을 챙겨 먹는 시간을 다르게 하려 했어. 정말, 어릴 때부터 참 독특하셨던 게야.

부모님들이 끊임없이 야단을 치셨지만, 끊임없이 말을 듣지 않았단다. 뭐든 단조롭게 되풀이되는 건 일주일 이상 가만히 견디고 있질 못하겠더래. 그래서 학교에 다닐 땐 일부러 정문으로 등교하지 않고 담을 넘어 본 적도 있고, 멀쩡한 교실 문을 두고 위험하게 창문으로 드나들기도 하셨어. 당연히 선생님들이 끊임없이 주의하라고 했지만, 끊임없이 유별나게 행동을 했어. 주변의 친구들도 그런 막판 할아버지가 너무 신기했던지 대체 왜 그렇게까지 별나게 구냐고 물어봤었어. 그때 할아버지가 뭐라고 했겠니? 할아버지는 대수롭지 않다는 듯이 이렇게 말했단다.

"틀에 박힌 건 너무 지루하고 따분하잖아."

그런 할아버지니까 방학이나 휴일에 괜히 학교에 가본다거나 평일에 학교에 가질 않고 밤에 혼자서 공부해본다거나 하는 건 아주 평범한 축에 속하는 일이 되었어. 물론, 그런 할아버지라도 어른들의 지속적인 설득을 완전히 모른 체할 수는 없었단다. 고등학교는 덕분에 졸업을 할 수가 있었어. 문제는 그다음부터였지.

할아버지도 나이를 먹게 되니 살아가기 위해선 돈이 필요했고, 돈이 필요하다 보니 일을 해야 했어. 신체는 누구보다 건강했기 때문에 열심히만 한다면, 부자는 어렵더라도 반대로 거지가 되기도 힘들었지. 그렇지만 오늘 이야기의 주인공은 다름 아닌 김막판 할아버지이시잖아. 늘 평범한 인간들의 예측을 빗나가게 만드는 분이시지. 할아버지는 직장을 구할 수가 없었단다. 아니, 구할 수는 있었지만, 급여를 받을 수는 없었단다. 할아버지가 늘 한 달을 채우지도 못하고 직장에 싫증을 냈거든.

학교조차 마음 내키는 대로 출석하고, 국어 시간에 혼자 수학 공부를 하고, 수학 시간에 혼자 영어 공부를 하던 할아버지였으니까. 아침마다 출근해서 같은 회사에서 같은 일을 하고, 저녁에 퇴근해서 저녁을 먹고 다시 출근하기 위해 잠자리에 드는 규칙적인 생활을 해봤자 얼마나 오래 유지할 수 있었겠어? 결국 할아버지는 큰 결심을 하게 된단다.

"그래, 까짓거 사내대장부로 태어났으니 월급쟁이보단 사장님을 해보는 거야!"

그래서 그 이후로 막판 할아버지는 장사를 해보려고 했고. 이런 일, 저런 일, 또 업종을 쉼 없이 변경하게 되었어. 오죽하면 본인의 입으로 이번이 정말 막판이란 말만 십여 차례나 되풀이하셨겠어. 무슨 일을 시작하든 아이디어는 좋았지만, 보름이 지나가기도 전에 싫증을 느껴버리는 건 본인도 어쩌지를 못하셨던 거야.

학교를 졸업한 이후부터 그때까지. 어디에도 뿌리를 내리지 못하고 이직과 새로운 업종에 도전하기만 하는 삶을 이십 년이나 사셨어. 그때쯤이 되어서야 슬슬 할아버지도 지치기 시작하셨지. 일이 저렇게 오락가락 바뀌었으니 사는 곳이라고 일정하셨겠어? 서울을 시작으로 제주도까지 안 가본 곳이 없으셨어. 이러다 나중엔 해외로 나가게 될지도 모르겠단 생각에, 나이 서른여덟쯤부터는 중학생들이 사용하는 우선순위 영어단어장을 몸에 품고 다니시기까지 했어. 그걸 지켜보신 할아버지의 어머니께서는 돌아가실 때까지 혀를 끌끌 차셨어.

"저놈은 진짜 자기 인생을 막판까지 굴려봐야 정신 차릴 놈이야!"

물론, 돌아가신 어머니의 그런 말씀이 아니더라도 할아버진 언젠가부터 굉장한 압박감을 느끼고 있었어. 동창들은 하나같이 멀쩡한 직업을 가지고 있거나, 가족을 꾸리고 있었거든. 만나서 이야기를 나눠보면, 다들 투덜투덜했지만, 결국 해가 지면 아내와 자식들이 기다리고 있는 집으로 돌아갔거든. 반면, 할아버지는 하늘 아래 어디든 자리를 펴면 그곳이 할아버지의 잠자리가 될 수는 있었지만, 그곳은 할아버지 말곤 누구도 곁에 없었어.

그러던 어느 날이었어. 할아버지는 동해안의 어디쯤을 걷고 있었지. 왜 갑자기 바다에 찾아간 건지는 할아버지 본인도 모를 일이었어. 그냥 혼자서 별을 보며 잠들기가 너무 싫어서였던 거 같아. 한참을 걷다 말고 발이 아파 그늘을 찾기 시작했을 때였지. 파도 저편에서 반짝반짝 빛을 반사하며 뭔가 떠밀려 왔어. 할아버진 피곤한 것도 잊고 흥미로움에 이끌려 해변으로 다시 걸어 나갔어. 파도가 모래사장에 뱉어놓고 사라진 건 투명한 유리병이었어. 병의 입구는 코르크 마개로 꽉 닫혀 있었고, 안에는 휘갈겨 쓴 메모지가 들어있었지.

"요즘에도 이런 걸 보내는 사람이 있나? 안을 뜯어봤는데, 적힌 첫 문장이 '이 편지는 영국에서 최초로 시작되어'로 되어 있으면 꽤 웃기겠는데?"

말은 그렇게 하면서도 할아버지는 그길로 굳이 코르크 마개 따개를 구하러 다녔어. 어차피 유리병이니 깨버리면 그만인 것이었는데, 할아버지는 그게 진짜 행운의 편지라도 되는 것처럼 조심스럽게 대하였던 거야. 덕분에 할아버지가 코르크 마개를 제거한 건 무려 몇 시간이나 지난 뒤였어. 어느새 바다는 어둠을 입고 있었지.

'내일은 내일의 해가 뜬다는 말은 관점에 따라 참 무책임한 말이 될 수 있다. 오늘 해결되지 않은 문제가 내일이라고 그냥 해결되어 주지는 않으니까. 그렇지만, 내일도 해가 뜨고, 그다음 날도 해가 뜨고, 그다음에도 해가 뜬다는 자연 현상, 그 자체에 대해서는 확실히 경외감을 가질 필요가 있다고 본다. 돌이켜보면 태양은 지금까지 단 한 번도 떠오르지 않은 날이 없었으니까.

 태양이 직접 할 수 있는 일이란 건 고작 인간과 자연에 빛과 열을 나눠주는 게 고작이라지만, 흔들림이 없었기에 인간이 네 발로 땅을 기어 다닐 때부터 오늘날의 문명을 이루기까지 그 모든 과정을…'

 김막판 할아버지가 휘갈겨 써진 메모지를 막판까지 다 읽지는 않았지만, 그때, 그 순간이, 할아버지가 불규칙했던 지난날의 삶의 방식과 헤어지는 마지막 순간이 되었어. 할아버지는 그길로 고향으로 돌아갔고, 아침에 눈을 떠 밤에 잠드는 생활을 시작했어. 품에 넣고만 다니던 우선순위 영어단어장을 매일 3장씩 읽기 시작한 건 덤이었지.

 이후 할아버지는 막노동을 시작하였고, 오래지 않아 박개점 할머니를 만나 결혼했어. 그 과정에서 미장 기술을 익혔고, 동창들이 첫 손주 소식을 들을 때쯤, 아기도 생겼어. 확실히 남들보다 늦었지만, 남들이 조금도 부럽지 않았어. 그럴 이유가 하나도 없었거든. 할아버지가 해가 져서 집으로 돌아가면, 그곳엔 할머니와 아기가 있었으니까 말이야.

그러니까 지금 김막판 할아버지가 하와이 해변 야자수 그늘에서 해먹에 몸을 눕히고 있는 건 결코 우연이 아니라는 거야. 예측하기 상당히 난해한 삶을 사셨던 건 맞지만, 막판에는 달라지셨던 거지. 누가 할아버지에게 어떻게 그렇게 달라질 수 있었던 거냐고 물어본다면, 할아버지는 아마 망설임 없이 박개점 할머니에게 프로포즈할 당시에 했던 멘트를 그대로 들려줄 거 같아.

"살아보니 내가 가장 잘할 수 있는 일이란 게 매일매일 어제를 반복하여 오늘을 가꾸고, 내일을 그려나가는 것이더라고. 그러니 매일 아침 해가 뜨듯이 변함없이 당신을 사랑하겠소."

10. ㅎ
- 하와이에서 해먹에 몸을 눕히기까지

괜찮아, 아빠도 쉽진 않더라

거북이와 토끼는 친구가 아니다

11.

친구는 원래 신중하게 사귀어야 하는 거야

거북이와 토끼는 친구가 아니다

가끔 어른들 중에는 남들과 다른 이야길 하면 자기가 특별한 사람이 된다고 착각하는 사람들이 있어. 그래서 그냥 둬도 괜찮은 사실을 괜히 비틀어서 본다거나 비꼬아서 보는 거지. 그런 어른들 때문에 가장 큰 피해를 본 친구가 있다면, 그건 바로 거북이야.

아빠가 어릴 때만 해도 거북이는 원래 성실의 아이콘이었어. 느리더라도 멈추지 않고, 꾸준하게 노력하면 결과를 이룰 수 있다고. 포기하지 말고 성실한 자세로 나아가라고 알려준 친구지. 그러면서 거북이가 우리에게 남겨줬던 이야기가 토끼와 달리기 시합했었던 경험담이야. 거북이가 느릿느릿 조용하게 길을 가고 있었는데, 건방진 토끼가 앞지르며 거북이를 놀렸던 거야. 화가 난 거북이가 토끼에게 달리기 시합을 제안했고, 결국 거북이가 승리한 이야기야.

정말 터무니없는 이야기가 아닐 수 없어. 어떻게 토끼와 거북이가 함께 달려서 거북이가 이길 수 있겠어? 토끼는 1분에 몇 미터나 갈 수 있지만, 거북이는 1분에 10mm도 겨우 갈 수 있을까 말까 하는데 말이야. 그렇지만, 거북이는 사나이 중의 사나이였거든. 자신이 불리하다는 걸 누구보다 잘 알고 있었지만, 실추된 명예를 되찾기 위해서 정면승부를 제안했던 거야. 멋지지 않아? 아빠는 아무리 생각해도 그런 거북이가 참 멋진 거 같아.

그에 비해서 토끼는 얼마나 형편없는 놈인지 몰라. 자신이 이길 게 뻔한 시합인 걸 알면서도 응했으니까. 그건 결코 정정당당한 게 아니잖아. 심지어 핸디캡도 제시하지 않았어. 정말 몹쓸 녀석인 거지. 아마 상대가 거북이가 아니라 늑대였다면, 시합은커녕 성질이 뻗친 늑대가 그 자리에서 바로 토끼의 목을 물어버렸을지도 몰라.

그런데 그런 터무니없는 시합에서 거북이가 이겨 버린 거야. 이거야말로 역사에 남을 각본 없는 드라마인 거지. 정말 굉장하지 않아? 승률이 없는 승부에서 역전해 버린 거라니까! 그 사실 하나만으로 이미 거북이는 역대 금메달리스트들처럼 전설로 추앙받을 자격이 있는 거라고 봐. 스포츠 정신이라곤 눈곱만큼도 없던 토끼는 시합하다가 말고 나무 그늘 밑에서 낮잠이나 잤으니까 말이야. 정말 기가 찰 노릇이지. 상대 선수에 대한 기본적인 예의가 없는 건 둘째치고, 성실하게 시합에 임할 자세부터 갖추지 못했던 거니까. 반면에, 거북이는 단 한 번도 쉬지 않고 전력을 다해서 달렸고 결국 해가 질 때쯤에 먼저 결승점에 도착할 수 있었던 거야.

굉장히 멋진 이야기지 않아? 그런데 어느 순간부터 누군가가 이런 이야길 하더라. 자고 있던 토끼를 깨우지 않은 거북이가 과연 스포츠정신이 투철했던 거라고 할 수 있는 거냐고 말이야. 진짜 친구라면, 그걸 깨워서 같이 최선을 다하자고 말해야 하지 않았냐고. 상대가 약해진 틈을 타서 자신의 승리만 챙긴 거북이를 과연 칭찬해줘도 괜찮으냐면서 딴지를 걸더라는 거지. 심지어 그런 이야기가 타인과 협동하지 못하는 마음을 기른다는 어처구니없는 이야기까지 하더란 거야.

그래서 답답해진 아빠는 직접 당시에 경기에 참여했었던 거북이를 찾아서 인터뷰를 해봐야겠다고 생각하게 되었어. 이대로는 거북이의 명예가 땅에 떨어지고 말 것 같아서 말이야. 누군가는 거북이를 위해 글을 남겨줘야겠단 생각이 들더란 거지. 다행히 바다거북이들은 우리하고 달라서 몇백 살씩 사는 애들이니까. 직접 당사자를 만나서 인터뷰를 하는 게 불가능은 아닐 거란 생각이 들었어. 충분히 살아있거나 아니더라도 그의 아들이나 손자 정도는 만날 수 있지 않을까 싶었어.

음, 생각은 그렇게 했지만, 물론, 만나기가 쉽지는 않았어. 몇 년이나 걸렸거든. 처음에는 민물에 살던 미꾸라지와 가재에게 부탁했어. 바다로 나가는 길에 만나는 친구들에게 내가 거북이를 찾고 있단 걸 전해달라고. 그랬더니 녀석들이 소문을 내기 시작했고, 소문을 전해 들은 메기와 장어가 바다로 나가는 길목의 복어와 새우에게 이야길 전했고, 그 아이들이 또 바다의 숭어와 넙치에게 이야길 전했어. 웃긴 건 난 그런 줄도 모르고 바다낚시를 하러 갔다가 넙치를 건져 올렸지 뭐야? 횟감을 구했다고 좋아서 손뼉을 치고 있는데, 녀석이 날 알아보고 입을 끔벅끔벅하더라고. 마침 지금 내 이야길 전하러 갈치와 참가자미를 만나러 가는 길이었다는 거야. 어쩔 수 없었지 뭐. 다시 바다로 보내줄 수밖에. 그렇게 넙치로부터 갈치와 참가자미들이 전해 듣고, 또 그들이 심해의 오징어에게도 이야길 전해줬지. 그렇게 꽤 오랜 시간이 걸린 거야. 그래서 내가 거북이를 찾으려고 했던 사실을 잊을 때쯤에서야 전화가 걸려 왔어.

"이 선생이시오? 나, 현부(淸江使者玄夫, 고려시대 이규보가 쓴 청강사자현부전의 주인공)요. 선생께서 나를 찾는다는 이야길 듣고 지금 동해안 삼척에 와서 일광욕 중이라오. 일부러 먼 길을 왔으니 내일 여기로 올 때 완도에서 난 김이랑 전복이나 좀 챙겨오시구려. 요즘도 그 맛인지는 잘 모르겠지만… 뭐, 하여튼, 찾아오는 객에게 그 정도 대접은 해주시는 양반이라고 들었소. 그럼, 오실 때까지 난 여기서 미역이나 뜯으며 기다리고 있겠소."

잊고 있던 손님이 갑자기 찾아와서 놀라긴 했지만, 다시 거북이의 목소리를 직접 들으니까 당시의 답답한 마음이 다시 솟구치더라고. 그래서 속초까지 한달음에 달려갔단다.

"어르신, 술은 좀 하십니까?"

"미안하네만, 육지의 술은 독하기만 하지 내겐 영 별로라네. 그래도 좋은 안주를 챙겨왔으니 오늘은 좀 마셔보도록 하지."

다행히 거북이는 여전히 호탕한 성격의 사나이였어. 우리와는 나이 먹는 게 완전히 다르다 보니 별로 늙은 건지도 모르겠더라.

"다름이 아니라, 토끼와의 달리기 시합과 관련해서 확인하고 싶은 게 있어서요. 토끼와는 육지에서 경주가 안 될 게 뻔한데, 어째서 시합을 제안하셨던 겁니까? 토끼가 만약 운 좋게 낮잠을 자지 않았다면, 토끼는 승부에서 이겼다고 또 한 차례 시비를 걸거나 조롱을 했을 수 있었을 텐데요?"

"그랬겠지. 그러면 정말 잘 달리시는군요 하고 한번 추켜세워주면 그만 아닌가? 뭐, 사실 난 볼일 때문에 그 언덕을 지나야만 했어. 그런데 토끼의 목적지는 전혀 다른 곳이었지. 원래는 다음 갈림길에서 우린 서로 갈 길을 가면 그만이었어. 뭐, 그냥, 그랬어. 난 괜히 녀석을 운동시키고 싶었던 거야. 그렇게 뜀박질에 자신 있다고 하니까. 어디 한번 괜히 땀이라도 한 바가지 흘려보라고 말이야."

"하하하, 아주 영리한 대응이셨군요. 그런데 일각에서는 토끼가 자는 걸 보고도 깨우지 않은 건 스포츠정신에 어긋나는 행위였다고 날이 선 비판을 아끼지 않고 있는데, 이 점에 대해서는 어떻게 생각하십니까?"

"스포츠? 그건 사이좋은 관계끼리 친목을 다지자고 하는 거 아니야? 선의의 경쟁일 테니까. 그런데 난 예의라곤 티끌도 갖추지 못한 녀석과 맞먹어도 될 만큼 어리지도 않았고, 어리석지도 않았어. 스포츠라니? 그게 더 웃긴 이야기 같은데?

그래, 토끼가 만약 내 친구였다면, 난 처음부터 토끼에게 목소리를 높이지도 않았을 테고, 웃기지도 않은 시합 따위도 하지 않았겠지. 녀석이 진짜 내 친구였다면, 내게 그런 실수조차 하지 않았을 테니까. 그런데 그 어린놈의 자식은 감히 내게 반말을 서슴없이 날린 것도 모자라 조롱하기까지 했어. 내가 녀석의 그런 정신 나간 행동을 어디까지 참아줬어야 한다는 거지? 난 처음부터 녀석과 진짜로 시합하고 싶단 생각조차 없었단 거야. 다시 말하지만, 어른을 상대로 잘난 척이나 하는 녀석에게 땀이나 한 바가지 더 흘리게 하고 싶었을 뿐이야."

"그러셨군요. 그러니까 처음부터 진지하게 시합할 생각조차 없었다. 화를 내며 도발을 한 건 어디까지나 상대를 골려주기 위한 연극이었다. 그런데 운이 좋아서 시합마저 이겨 버린 거다. 이렇게 정리가 되는군요."

"젊은 친구가 총기가 있군. 바로 그거야."

"실례가 되지 않는다면, 질문을 하나 더 하고 싶군요. 말씀을 듣다 보니 나이에 민감하신 것 같은데, 그 당시에 토끼와 선생님의 나이 차가 얼마나 났던 건가요?"

"난 이미 그때 반 세기가량 산 시점이었고, 토끼는 넉넉하게 쳐줘도 고작 삼사 년 차였을 거야. 토끼 같은 것들은 끽해 봤자 다섯 해를 넘기면 무릎에 물이 찰 나이로 접어드니까. 뭐, 나도 나이가 벼슬이라고 생각하진 않아. 그렇지만 기본적인 예의조차 차려주지 않는 상대에게 굳이 내가 친절할 이유도 없지. 실제로 우린 그 당시에 통성명조차 하지 않았어. 뭐, 그래도 요즘 들어서는 그럴 수도 있겠단 생각이 간혹 들 때가 있긴 해. 내가 좀 많이 동안이지 않은가? 고작 몇 년 살고 바다거북이를 직접 본 적도 없었을 테고.
자, 그럼, 이제 끝났으면 술이나 마저 마시지?"

덕분에 그날 아빠는 자칭 일천 년 가량을 살았다는 바다거북이와 코가 삐뚤어지도록, 아니, 거북이의 주름이 펴지도록 마셨단다. 결국엔 주름이 다 펴지는 것도 못 본 채 다음날 새벽을 맞았지. 고주망태가 되어서 마중 나온 아들들 손에 이끌려가던 거북이의 마지막 말이 아직도 생각나는구나.

"너희들 인간은 상대방 약점 쥐고 흔드는 놈도 '친구'라고 부르냐? 스포츠정신? 정신 차려! 친구도 잘 가려서 사귀어야 하는 거야. 아무나 길에서 만나는 대로 다 친구 먹을 수 있는 거였으면, 진작에 세계평화가 이루어졌지! 싸우기는 왜들 싸워?"

11. ㅓ
- 거북이와 토끼는 친구가 아니다

괜찮아, 아빠도 쉽진 않더라

우동과 라면

12. ㅜ

굳이 둘 중 단 하나만 고르라면, 당연히 라면

우동과 라면

요즘 비가 자주 내리는구나. 이런 날에는 뜨끈한 국물 요리가 당기는 법이지. 빗소리를 들으면서 따뜻한 조명 아래에서 즐기는 뜨끈한 국물 요리는 잔잔한 행복을 안겨주거든. 아마 너도 오래지 않아 알게 될 거야. 음식이 사람을 위로해줄 수 있다는 사실을 말이야.

아, 말을 좀 했더니 그새 얼큰한 라면이 생각나는구나. 기왕 이렇게 된 거 오늘은 우동과 라면에 관한 이야길 해줄까? 정확히는 우동집 사장님 오동통 씨와 라면집 사장님 이탱글

씨의 이야기란다. 어때? 궁금하지?

둘은 건널목을 하나 사이에 두고 각자 작은 점포를 운영하는 사장님들이자 요리사였어. 직접 요리를 해서 손님들께 음식을 팔았지. 둘의 우동과 라면은 일대에서 소문이 날 정도로 맛이 좋았단다. 그리고 둘은 제법 사이도 좋았어. 일을 마치고는 서로의 음식을 맛보기도 하고, 서로 그날 하루 있었던 곤란한 경험을 하소연하기도 했지.

"그러더니 그 손님이 나보고 왜 간판을 가락국수라고 하지 않고, 우동이라 쓰냐고 하는 거야. 외래어를 자꾸 쓰니까 우리말이 오염이 된다나, 어쩐다나, 순간 할 말을 잃었다니까."

"하하하, 그래서 어떻게 했는데요?"

"뭘 어떻게 해, 나도 잘 모르는 걸 내가 뭐라고 하겠어? 아, 제가 좀 더 배우겠습니다~ 라고 했지."

"사실, 저도 오늘 좀 난감했어요. 한국식 라면 전문점에 와서 굳이 일본식 라멘을 찾는 분이 있어서 아찔했네요. 없다고 하는데도 라면 전문점이 무슨 '돈코츠 라멘'도 메뉴에 없으면서 라면 전문점이라고 떡하니 간판 달았냐고 어찌나 화를 내시던지… 다른 손님들이 식사하다가 말고 나갈 정도였다니까요!"

다들 그날이 평범한 하루는 아니었나 봐, 가슴 답답했던 순간들에 대해 서로서로 줄줄줄 길게 늘어놓더라고. 그런데 아빠가 이 이야길 어떻게 이렇게 자세히 아냐고? 그야 물론, 아빠가 그들의 친구니까. 너와 만나기 전까지는 라면집에서 자주 셋이서 어울렸거든. 그날도 아빠가 거기에 있었어.

"그런데 왜 하필 우동이었어요? '가락국수'를 해도 괜찮았고, '라멘'일 수도 있었던 거잖아요."

마침 아빠가 평소 궁금했던 걸 참지 못하고 물어봤단다. 세상에 음식은 아주 많고, 누구나 살면서 저마다의 음식을 만나기 마련이지만, 유독 메뉴 하나가 사람의 마음을 끌어서 장사까지 하게 만든다는 건 정말 굉장한 사건이니까 말이야.

"그냥 어렸을 적에 일본에서 유학했었거든. 말이 제대로 따라주지 않으니까 늘 과제는 밀려있고, 거기에 주머니는 가벼운데 배는 고프고.

남들은 아르바이트하면서도 말이 트인다는데, 나는 워낙 머리가 나빠서 정말 수업 진도만 따라가기도 너무 벅차더라고. 일해서 용돈을 벌 생각은 하지도 못했어.

그래서 늘 밤늦게까지 책상 앞에서 깨어있을 수밖에 없었어. 자랄 나이에 배가 좀 고팠겠어? 그러다 그때 먹게 된 거야. 우동을. 하숙집 길 건너에 밤늦게까지 하던 우동 가게가 하나 있었거든. 정말 고마운 곳이었지. 거기서 면 위에 튀김을 올려서 먹는 맛에 반했던 거야. 웃긴 게 난 그때까지 우동이 일본식 음식인지도 몰랐어. 유학 가기 전까지는 우동을 중국집에서나 배달시켜 먹었으니까."

역시, 오동통 사장님에겐 그 시절에 만났던 우동이 작은 위로가 되어준 거야. 말도 제대로 통하지 않는 타국에서 뜨끈한 우동 국물이 오동통 사장님의 마음까지 채워줬던 거지.

"그래서 거기서 아르바이트라도 하게 된 거예요? 그러면서 만드는 법도 배우고?"

"아니. 말했지만, 난 머리가 나빠서 학교 공부 따라가기도 벅찼다니까. 하하, 그냥 그렇게 지내다가 한국으로 돌아왔어. 와서 졸업도 하고, 회사에 취업도 하고. 그런데 그렇게 살면서도 계속 그 맛이 떠오르는 거야. 그래서 그냥 회사 접고 일본으로 다시 돌아갔지. 가서 하숙하던 곳에서 다시 하숙하고, 하하하. 길 건너 우동집 사장님에게 일을 배운 거야."

그때까지 조용히 듣고 있던 이탱글 사장님이 나보다도 더 크게 고개를 끄덕이며 크게 공감을 했어. 그러더니 이번에는 누가 묻지도 않았는데, 먼저 이야길 하기 시작했어.

"저도 비슷해요. 전 휴학을 하고 호주에 '우프'로 건너갔었죠. 우프는 농장에서 반나절 정도 일해주고 숙식을 제공 받는 거예요. 급여는 따로 받지 못하지만, 같은 처지의 다른 '우퍼'들을 현장에서 만나 함께 지낸다는 점에서 매력이 컸죠.
다양한 국가, 개성 강한 사람들. 함께 반나절 동안 땡볕에서 일하고, 저녁이면 우퍼들끼리 돌아가면서 식사 당번을 했어요. 다른 문화를 쉽게 알아가는 재미가 쏠쏠했죠. 덕분에 크게 힘들진 않았어요. 그저 일이 지루할 뿐이었죠.

문제는 식사였죠. 다들 음식을 잘했지만, 다 타국의 음식들이다 보니 늘 뭔가가 허전했어요. 그렇다고 제 차례가 되어서 뭔가를 만들어 본다고 한들, 그게 결코 고향의 맛은 아니잖아요. 하하하하.

맞아요, 뭐, 그러다가 하루는 다른 한국인 우퍼가 끓여주는 라면을 먹었던 겁니다. 그리고 그때서야 고향의 맛을 본 느낌이 들었죠. 웃기죠? 하하하, 인스턴트음식일 뿐인데, 거기서 한국을 느꼈으니 얼마나 기가 막혔겠어요.

그리고 나서는 저도 똑같아요. 졸업하고, 취업하고, 그러는 동안 계속 라면을 끓여 먹어봤어요. 그런데 어떻게 끓여서 먹든, 그때, 그 시절의 그 맛이 나진 않았어요. 분명, 같은 회사의 라면이고, 심지어 그 시절의 라면은 그냥 아무것도 넣지도 않고 끓였던 라면인데 말이죠.

하여튼, 뭐, 그러다가 그냥 라면에 진짜 깊게 빠져버린 겁니다."

그리고 우리 세 사람은 누가 먼저랄 것도 없이 술잔을 들었어. 더는 길게 말이 필요가 없었거든. 음식이 사람에게 위로를 줄 수 있다는 것과 음식 하나가 한 사람에겐 온전히 하나의 세계로 펼쳐질 수 있다는 사실에 우리 셋 다 동의하고 있었으니까 말이야. 그러자 새삼 오동통 사장님과 이탱글 사장님이 하소연하던 이야기가 다시 떠오르더라. 가락국수니, 우동이니, 하는 그런 이야기들 말이야.

"표준어 표기로는 가락국수가 맞아요. 문제는 이미 국내에서는 가락국수랑 우동이랑 전혀 다른 조리법, 다른 음식으로 정착을 한 상태라는 거죠."

"오, 역시 작가라서 그런지 박식하시네요!"

"아, 이딴 것도 안다고 막 자랑하려고 한 이야기가 아니고요. 하하하, 오히려 이런 배경지식 따위가 다 무슨 소용인가 싶다는 이야길 하고 싶었어요. 사장님들이 만드는 음식이 가락국수면 어떻고, 돈코츠 라멘이면 또 어떻겠어요. 찾아주는 손님들이 배불리 드시고, 적당한 위로까지 받아서 가신다면,

알아서들 어련히 다 이름을 기억해 주시겠죠. 괜한 시비를 걸고 가시는 분들은 아마 어떤 음식을 드셔도 그저 배만 차실 거예요. 정서는 늘 허기진 채로 다니실 겁니다."

"맞아요, 맞아! 역시 작가라서 그런지 똑똑하시다니까!"

그래, 분명 그러셨을 거야. 오동통 사장님은 가락국수와 우동의 표준어 표기 같은 것보단 어떻게 해야 면발이 더 오동통할지, 튀김과 육수를 어찌해야 더 맛날지 고민하기 바빴을 거야. 이탱글 사장님도 마찬가지셨겠지. 조리법 자체가 다른 라멘을 신경 쓰기보단 어떻게 해야 정해진 시간 안에 조리를 마쳐서 면발을 탱글탱글하게 유지할 수 있을까가 더 고민이셨을 거야.

본인들부터 그런 고민으로 탄생한 음식을 먹고, 느낀 그대로 그런 음식을 다시 만들어 대접하고, 손님들도 본인들처럼 몸도 마음도 든든하길 바라니까 말이야.
그래, 그래서 정성과 노력이 들어간 음식은 혀끝에 닿기만 해도 사람을 울릴 때도 있단다.

그래서 아빠는 네가 부러울 때가 많아. 네가 아직 음식 맛을 모른다는 사실이 얼마나 부러운지 몰라. 맛을 하나씩 알아갈 때마다 너의 우주는 매번 크게 달라질 테니까 말이야. 새로운 맛을 하나씩 알아갈 때마다 세상이 하나씩 열리는 기분이겠지. 그러다 오동통 사장님이나 이탱글 사장님 같은 사람들이 만드는 음식과 만나게 되는 날에는 너도 너의 마음 한 곳이 채워지는 따스함도 맛볼 테고.

부디 네가 그런 따스함을 맛보고, 나눠줄 수 있는 마음이길.

아, 뭐, 그리고 오늘은 특별히 글을 맺으면서 그날 그 자리에서 미처 다하지 못했던 이야기를 여기에 남겨보려고 해. 말을 시켜놓고는 내 이야길 끝까지 안 듣더라고, 글쎄.

"뭐, 띄워주시니까 잘난 척을 좀 하자면요. 한국과 일본은 쌀이 주식이잖아요. 뭐든 잡식으로 잘 먹었던 건 중국이죠. 그래서 중국으로부터 밀가루로 음식을 해서 먹는 문화가 전파됩니다. 그게 '오동'과 '납면'이죠. 당시 한국은 이미 가늘고 길게 면을 뽑아 제례에 쓰는 국수가 정착되어 있었고요. 반면, 일본은 오랜 시간에 걸쳐 변화하며 받아들여요. 그게 '우동'과 '라멘'인데…"

12. ㅜ
- 우동과 라면

괜찮아, 아빠도 쉽진 않더라

한나는 그래서 괜찮았단다.

13. 풍선, 욕조, 실수

누구나 적당히 부족한 법이니까.

한나는 그래서 괜찮았단다.

 벌써 제법 무거워졌구나. 아빠가 매일 너를 안아 들어서 몰랐는데, 오늘은 새삼 평소보다 더 무거운 거 같아. 아마 간밤에 네게 다녀간 꿈들이 아직 네 두 볼에 머무른 채 부풀어 있어서 그런 거겠지. 이리 오렴, 아빠가 몸과 마음이 가벼워질 만한 이야길 또 하나 해줄 테니까.

 가벼운 걸로 치자면 풍선만큼 가벼운 것도 없어. 꼭 붙들고 있지 않으면, 하늘 끝까지 무작정 떠오르는 풍선들 말이야. 게다가 가볍기만 한 게 아니라 색상도 가지각색이고, 무늬도 다양해서 저마다 개성 넘치는 녀석들이지.

오늘 해줄 이야기의 주인공은 그런 예쁜 풍선을 판매하는 한나에 관한 이야기야.

한나는 우리 아기보다 훨씬 나이가 많은 누나란다. 그렇지만 마음은 우리 아기만큼 여리고 보들보들하지. 아직도 기억이 선명하구나. 노란색 풍선에 한나가 직접 검은 펜으로 그림을 그려줬었어. 마치 풍선이 사람처럼 웃고 있는 듯한 느낌을 주는 그림이었지.

그 풍선을 조금 더 오래 보관할 수 있었다면 좋았으련만. 아쉽게도 엄마를 만나러 서둘러 가다가 그만 끈을 놓치고 말았어. 덕분에 가벼운 노란 풍선이 아빠 손이 닿지도 않을 만큼 높게 떠올랐지. 순식간이었어. 그걸 보고 어떻게 손쓸 겨를도 없었다니까. 두 발을 굴려 점프라도 해보려고 했을 땐 이미 구름 위로 날아가 버린 뒤였거든.

정말, 지금 생각해봐도 어처구니없는, 한심한 실수였어.

사람들은 누구나 실수를 한단다. 우리 아기도 자라면서 많은 실수를 저지르게 될 거야. 아빠를 보고 엄마라고 말실수를 하는 날도 있을 테고, 엘리베이터 타다가 층수를 확인하지 않고 내리는 날도 있을 거야. 이상하지만 그렇단다. 누구나 그런 크고 작은 실수를 하는 법이야. 그래서 재미있는 거야. 사람들은 일부러 하려고 해도 잘 안되는 걸 어쩔 땐 실수로 해내기도 하거든.

물론, 그건 지난주 수요일의 한나도 마찬가지였어.

그날은 시작부터 좀 어수선했다고 하더라. 늦잠을 잔 것도 아닌데, 늘 하던 대로 아침 운동을 하고 났더니 평소보다 시간이 좀 지나있더라는 거야. 부리나케 욕조로 뛰어가서 샤워를 시작했는데, 아니, 글쎄, 칫솔에 치약을 짠 게 아니라 샴푸를 짜서 올린 거야! 믿기 힘들지? 아빠도 처음에 듣고서는 설마 정말 그랬을까 하면서 크게 소리 내어 웃기만 했어. 그런데 한나의 심각한 표정을 보면, 진짜였나 봐. 뭐, 서두르다 보면 순서가 짬뽕이 될 수는 있으니까.

근데, 진짜 문제는 이게 시작에 불과했다는 거지.

첫 단추를 잘못 채웠을 때랑 다를 바가 없었어. 모든 일이 조금씩 다 어긋나 버린 거야. 실수가 실수를 물어오고, 또 그

실수가 다른 실수를 물어온 거야.

그날, 칫솔에 샴푸를 바른 한나는 결국 지각하고 말았어. 지하철을 향해 뛰어가던 한나가 교통카드를 충전한다는 걸 잊어버렸거든. 그뿐만이 아니었어. 심지어 일하는 동안에도 실수는 계속되었지. 풍선을 나눠줄 때도 손님 손에 먼저 쥐여주기 전에 거스름돈부터 챙겨주다가 풍선을 놓친 거야.

가볍게 떠올라서 멀리 달아난 풍선과는 달리 한나는 온몸이 점점 더 무거워졌어. 결국, 버티지 못하고 털썩, 제자리에 주저앉아 버렸다고 해.

한나는 그렇게 스스로 저질러 버린 황당한 실수들 덕에 종일 우울했어. 밥을 먹어도 모래를 씹는 것 같았고, 기운도 전혀 나질 않았어. 평소에는 하지도 않던 짓들을 쉬지 않고 연거푸 저질러 버렸다는 게 믿기질 않았어. 그것도 하나같이 한나 스스로가 저질러 버린 일들이라서 그저 너무 부끄럽기만 했던 거야. 결국 일을 마치고 집으로 돌아온 한나는 엉엉 소리 내어 울어버리고 말았단다.

밤이 깊어질 때까지 쉬지 않고 울어서 눈이 다 퉁퉁 부어버렸지만, 한나는 우는 걸 멈출 수가 없었어. 한나는 혼자 살고 있었거든. 게다가 늦은 시간이라 누구에게 연락하기도 쉽지 않았지. 종일 고생했던 순간들에 대해 따뜻한 위로를 받고 싶었지만, 마음 편하게 전화할 곳조차 떠오르지 않았던 거야.

눈물로 일그러진 방안을 둘러보고 있자니 고향에 계신 엄마, 아빠 생각이 나서 또 눈물이 나왔고, 눈물을 닦으면서 코를 풀고 있자니 종일 실수만 연발했던 스스로가 너무 한심해서 또 눈물이 나왔어.

정말, 새벽을 눈물로 채워도 다 채울 수 있을 것 같았다고 하더라.

불쌍한 한나, 온종일 한심한 짓을 저지른 한나, 그렇지만 너무나 상냥하고 사랑스러운 한나.

불과 일주일 전의 일인데도 다 지나간 일이라고 덤덤하게 말하던 한나의 모습이 더욱 무겁게 다가왔어. 그런 한나에게 어떤 말을 해줘야 할지, 적당한 말을 찾지 못하던 아빠가 할 수 있던 말은 고작 질문이었어. 답을 몰라도 괜찮았던 질문이었지.

"그런데 그 순간은 어떻게 견딘 거야? 설마 울다가 지쳐서 잠이 들었던 건 아니지?"

질문하던 아빠의 얼굴은 긴장으로 입술이 삐뚤게 실룩거렸어. 오히려 질문을 받은 한나는 훨씬 담담했는데 말이야. 아빠의 질문에 정말 대수롭지 않게 답해줬거든. 그것도 한쪽 눈썹을 한 번 실룩거리는 여유를 보이면서 말이야.

"그건 거짓말처럼 단 한 순간에 진정이 되었어요. 어렸을 때 아빠가 해줬던 말이 생각이 나서요. 그땐 단순히 아빠가 절 놀리고 장난치려고 했던 말이라고 생각을 했는데, 지금에 와서 생각하니까 그만한 농담이 없는 거 같아요. 정말, 기억해냈을 뿐인데, 그걸로 다 위로가 되고, 진정되었으니까요."

"그래? 아버님이 예전에 대체 뭐라고 해주셨길래?"

"초등학교 다닐 때 미술 시간이었어요. 붓을 씻기 위해 책상 위에 올려뒀던 물통을 쏟았던 거예요. 그것도 다른 사람이 아니고, 제가 제 물통을요. 지금 생각해도 한심하죠. 그림을 다 그려놓고서는 손 씻고 올 거라고 자리에서 일어나다가 그랬으니까요. 뭐, 그때도 학교 마치고 집에 돌아갔을 때까지 쉬지 않고 울었죠. 엉엉 소리 내서 울었어요. 그런데 아빠가 제 이야길 듣고서는 껄껄 웃으시면서 말씀해 주셨어요.

'한나야, 괜찮아. 넌 분명 멋진 녀석이긴 하지만, 원래 한심한 구석도 있는 아이야. 한 번쯤 더 한심한 짓을 한다고 해서 나빠지는 건 없어. 봐, 여기 아빠도 그대로 있고, 엄마도 그대로 있잖아. 그 정도로는 아무것도 달라지지 않아. 그러니까 걱정하지 마.'

어이없죠? 정말 어이없어요. 나이 어린 딸에게 넌 원래 한심한 아이였다니! 호호호, 그런데 그 말을 기억해내니까 그게 그렇게 편할 수가 없더라고요."

어때? 멋진 이야기인 것 같지 않아? 아빠는 한나에게 그 이야길 듣자마자 네가 생각났단다. 네게도 똑같은 이야길 들려줘야겠다는 생각이 들더라고. 그래서 아빠의 들키기 싫은 비밀 하나를 네게도 알려줄까 해. 사실은 아빠도 제법 한심하단다. 팬티를 새로 꺼내 입을 때, 가끔 뒤집어서 입을 때가 종종 있거든. 다행히 아직까진 엄마가 눈치채지 못 했어. 들키기 전에 냉큼 아빠가 다시 뒤집어서 입었으니까. 그러니까 이 비밀은 너만 알고 있으렴.

13. 풍선, 욕조, 실수　　187
- 한나는 그래서 괜찮았단다

괜찮아, 아빠도 쉽진 않더라

강아지와 고양이가 다르듯이

14. 파란 모자, 비둘기, 거미

모두 각자의 개성이 있고
누구나 존중받아 마땅하지

강아지와 고양이가 다르듯이

아빠가 어릴 적 초등학교에 다닐 때, 모자 쓰는 걸 고집하던 친구가 있었어. 그 시절 기억들은 이제 하나같이 흐릿하지만, 그 친구만큼은 여전히 또렷하게 기억에 남아있단다. 그래, 바로 그 모자 덕분이지.

그 친구는 다듬기 곤란했던 곱슬머리도 아니었고, 어린 나이에 머리가 빠져서 곤란한 친구도 아니었어. 그냥 모자를 지나치게 좋아했던 거야.

그렇다고 매일 같은 모자만을 쓰고 다녔다면, 그 친구가 모두와 친해지긴 힘들었을 거야. 아무래도 매일 같은 모자를 쓴다는 건 단 한 번도 모자를 빨아서 쓰지 않았다는 말과 같을 테니까 말이야. 상상해 봐, 그랬다면 얼마나 냄새가 지독했겠어? 다행히 그 친구는 매일 다른 모자를 쓰고 학교에 왔어. 그것도 그냥 다른 정도가 아니라, 스타일 자체가 다른 모자들로 말이야. 덕분에 그 시절에 이미 이름조차 알 수 없었던 세계 각국의 모자들을 죄다 구경할 수 있었단다. 흔한 야구모자부터 카우보이들이나 쓸 법한 가죽 모자나 중절모, 비니, 밀짚모자, 심지어 멕시코의 솜브레로, 터키의 페즈나 이슬람교도의 터번까지!

정말 대단한 녀석이었지. 정말 대단했던 녀석이 정말 고집스러웠고, 그래서 훌륭하기까지 했어. 그 친구는 매번 다른 모자를 쓰고 등교했지만, 모자의 색깔만은 늘 파란색이었거든. 파란색 터번, 파란색 페즈, 파란색 솜브레로, 파랗게 염색한 밀짚모자. 그러니 푸른빛의 가죽이나 중절모라고 해서 전혀 이상할 게 없었어. 오히려 우린 어떤 기대까지 하게 되었단다. 녀석이 파란색이 아닌 다른 색의 모자를 쓰고 온다면, 그건 보통 일이 아닐 테니까. 한 번쯤은 그런 날이 찾아오길 바랄 정도였던 거야.

신기했던 건 선생님들 중 누구도 그 이유를 캐묻지 않았다는 거야. 녀석의 부모님이 학교에 단단히 단속했었나 봐. 물론, 그 단속이란 건 어디까지나 어른들에게만 한정된 이야기였지만 말이야. 우리에게까지 통하지는 않았어. 처음 한동안은 쉬는 시간마다 아이들이 몰려들 정도였으니까.

"넌 대체 왜 늘 파란 모자만 쓰는 거니?"

"그냥, 모자가 좋고, 파란색도 좋아서."

어쩌면 당연한 대답이었는데, 누구도 그 사실을 믿지 않았어. 그리고 누구도 그 녀석보다 집요하지도 못했어. 결국 오래지 않아 아이들은 캐묻는 걸 그만두었단다. 기대와 다른 반응이 계속 이어지니 금방 흥미를 잃었던 거지. 이후 학년이 바뀌고, 교실이 바뀌고, 반 친구들도 달라졌지만, 그 녀석은 여전히 파란 모자를 쓰고 등교했어. 그리고 그런 한결같은 취향이 결국 화를 불렀어.

"저놈, 몇 학년이야? 너무 튀지 않아? 음, 질서를 알려줘야 겠네. 정신교육이 좀 필요하겠어."

상급생들이 보기엔 녀석의 파란 모자가 영 못마땅했나 봐. 아마 별 대수롭지 않아 보이는 녀석이 혼자서만 특별 대우를 받는 것처럼 보였을 테지. 결국 녀석은 하교하던 길 뒷골목에서 파란 모자를 뺏겼어. 거미줄에 걸린 날벌레처럼 아무런 저항도 하지 못했지. 교실에서조차 벗어본 적 없던 파란 모자를 그날 처음으로 벗어 보여야 했어.

어떻게 그렇게 잘 아냐고? 아빠도 거기에 함께 있었거든. 그땐 얼마나 무서웠는지 몰라. 아니, 무서운 것보단 사실 신기했던 마음이 더 커서 그 순간을 견딜 수 있었던 것 같기도 해. 왜냐면, 솔직히 아빠는 그 녀석의 모자를 누군가가 강제로 벗기기라도 하면 뭔가 큰일이 바로 터질 줄 알았거든.

충격으로 제자리에서 까무러치게 된다거나, 게거품을 물며 달려든다거나, 모자로 감춰뒀던 커다란 수술 자국이 드러난다거나 하는 식으로 말이야. 하지만, 그건 모두 평소 나의 지나친 상상에 불과했던 거야. 아무런 일도 일어나지 않았어. 그곳에서 일어난 일이라곤 우리가 억지로 숨을 참는 소리가 조용히 삐져나왔던 게 전부였어.

"그냥, 모자가 좋아서요, 파란색도 너무 좋아하고요."

그게 아빠가 기억하는 그 녀석의 마지막이야. 왜냐면, 그 이후로 녀석은 파란 모자를 쓰고 오지 않았거든. 그날 현장에서는 아빠의 상상처럼 뭔가 대단한 일이 벌어지진 않았지만, 아빠의 상상보다 훨씬 더 비참한 일이 터졌던 거야.

그날 이후로, 녀석은 다른 친구들처럼 특색 없는 몰개성한 녀석이 되었으니까 말이야. 그리고 뭔가 문제가 생긴 건 녀석뿐만이 아니었어. 아빠도 마찬가지였지.

전혀 이해되지 않았거든. 파란 모자가 대체 뭐가 문제라고 협박당하고 침묵을 강요당해야 하는 건지 말이야. 모자는 사람을 해치지도 못하고, 위협을 주거나 딱히 누군가를 불행하게 만들지도 못하는데 말이지. 아니, 정말 그런 대단한 능력이 녀석의 모자에 숨겨져 있었다면, 아빠와 친구들이 먼저 가만있지 않았겠지. 서로들 한 번만 빌려달라고 떼를 쓰지 않았을까? 설마 모자가 아니라면, 파란색이 그런 힘을 끌어오는 특별한 매개체라도 되었던 걸까?

뭐, 어쨌든, 이후에 학년이 올라가고 졸업을 해도 여전히 이해가 가지 않더라. 그리고 그건 지금도 마찬가지란다. 아무리 생각해봐도 녀석들은 그저 비겁한 게 전부인 녀석들이었어.

내 친구처럼 과감하게 좋아하는 걸 스스로 누릴 수 있을 만큼 그릇이 큰 녀석들이 아니었던 게야. 그것조차 할 줄 모르면서 타인을 무작정 시기하고 질투나 했던 거지. 그게 아니라면, 누군가의 취미와 기호조차 이해하지 못하고 겁부터 내는 겁쟁이들에 불과한 거고. 받아들일 수 없다고 부수어버리다니 야만인들이나 할 법한 짓밖에 할 줄 모르는 가엾은 아이들이었던 거야.

세상은 그렇단다. 둘 다 반려동물이지만, 강아지와 고양이가 다르듯이. 우린 같은 사람들이지만, 분명 저마다 다른 구석들이 있단다.

누군가는 살찐 비둘기를 조용히 바라만 보는 게 좋은 사람이 있을 수 있고, 누군가는 또 저녁 식사로 설렁탕과 피자 조합만을 고집하는 사람도 있어. 그건 너와 나도 마찬가지란다. 넌 점프용 놀이기구가 좋지만, 아빤 최신 비디오 게임기가 좋단다. 결코 다른 장난감과 바꾸고 싶지 않을 만큼 말이야.

부디 기억하렴. 이렇게 뻔한 사실임에도 불구하고, 그냥 나와 기호가 다르다는 이유로 불편을 큰소리로 호소하고 위협을 가하는 사람들이 꼭 있단다. 그런 사람들을 만나거든 입 아프게 강아지와 고양이가 다르듯이 우린 서로가 다를 뿐이라고 설명하려 들지 말아라.

현명했던 나의 옛 친구처럼, 그들 앞에서는 잠시 너의 파란 모자를 벗어둔 채로 그냥 지나치렴. 그건 결코 비겁하거나 용기 없는 행동이 아니란다.

원래 말이란 게 통하는 사람끼리만 나누면 되는 도구거든. 말도 통하지 않는 사람과 끝까지 말로 해봤자 끝에서 기다리고 있는 건 화병뿐이니까.

그런 것에 힘을 쓰는 것보단 네가 즐기는 걸 모두 앞에서 당당히 즐길 수 있는 사람이 되는데 힘을 썼으면 해. 그리고 네가 소중한 만큼 타인들도 존중받으며 누릴 자격이 있다는 걸 마음으로 아는 사람이 되는데 힘을 썼으면 하고.

강아지와 고양이가 다르듯이. 우린 각자 다 다른 생명이니까.

14. 파란 모자, 비둘기, 거미   199
- 강아지와 고양이가 다르듯이

괜찮아, 아빠도 쉽진 않더라

보글보글을 즐기던 '니콜키크드만'과
모바일 게임을 즐기는 '니국적중고나라'

15. 우리, 유년 시절, 추억

예전에는 살빼는홍금보
요즘에는 라이언고슬밥

보글보글을 즐기던 '니콜키크드만'과
모바일 게임을 즐기는 '니국적중고나라'

오늘은 아빠 친구한테서 오랜만에 전화가 왔었어. 한참을 웃었단다. 덕분에 웃느라 진을 다 빼버려서 너를 이렇게 가만히 안고 있는 게 고작이구나.

그 친구와는 아주 어릴 적부터 함께 붙어 다녔어. 어쩌다가 우리가 친해지게 된 건지는 전혀 기억이 나질 않아. 우리가 아주 어릴 적부터 붙어 다닌 거라서 같이 장난쳤던 기억은 바로 어제처럼 생생한데, 누가 누구에게 먼저 말을 걸었고, 누가 누굴 따라나섰던 건지는 전혀 조금도 기억이 없어. 그

부분만 완벽하게 오려진 기분이야.

그래서 새삼 좀 아깝다는 생각이 들어. 추억만큼 귀한 재산도 없으니까. 방금 통화도 지난 추억들 덕분에 절로 웃음이 나왔는걸.

"요즘에는 게임 때문에 스트레스야."

"게임 때문에 스트레스받는 건 원래부터 받았지. 기억 안 나? 우리 둘이서 옛날에 오락실 가면 〈보글보글〉하던 거?"

"기억나지. 둘이서 백 원씩만 있으면 충분히 끝판 깰 수 있는 건데, 네가 괜히 내 점프 버튼 함부로 막 누르고, 레버 돌리고. 아, 생각하니 진짜 스트레스받네!"

"하하하, 그것 봐. 넌 원래 게임 때문에 스트레스를 받았다니깐. 그런데 새삼 요즘에 스트레스를 받는다고 하니까 이상하잖아."

"그것도 듣고 보니 그렇네. 하여튼, 요즘 게임은 돈이 너무

들어. 시간도 너무 뺏기고. 끝이 없어. 게임을 공략하고 클리어한다는 개념 자체가 없다니까. 계속 무한 반복이야."

"바보야, 그렇게 스트레스를 받을 거면 게임을 대체 왜 해?"

"왜 하긴, 열 받아도 지루한 것보단 좋잖아. 혼자 살아봐. 얼마나 지루한데? 사실 스트레스받는다는 건 농담이고, 요즘에는 게임들을 다 스마트폰으로 하잖아? 우리 때처럼 오락실에서 서로 붙어서 레버 돌리는 게 아니고."

"그렇지. 근데 그게 왜?"

"아니, 그래서 좀 씁쓸해. 뭐, 그냥 좀 그래. 이게 너랑 고등학교 때 온라인 게임을 할 때만 해도 덜 했거든. 그런데 확실히 스마트폰으로 게임을 하니까 뭔가 많이 다른 거 같아."

가만히 듣고 있자니 이 친구가 무슨 말을 하는지 알 것 같았어. 맞아, 아빠가 겪은 시절은 지금과는 매우 달랐지. 우린

15. 우리, 유년 시절, 추억
- 보글보글을 즐기던 '니콜키크드만'과
모바일 게임을 즐기는 '니국적중고나라'

게임을 하나 해도 붙어서 해야 했거든. 세상이 변하던 중이라서 온라인 게임이 생기고 PC방이 생겼지만, 그때도 마찬가지였어. 우린 같이 약속을 정하고, 같이 PC방을 가고, 같이 게임에 접속했었어.

게임 하나 하는 것조차 친구 관계가 바탕으로 깔려있던 시절인 거야. 그래, 아마 앞으로 네가 커가면서 만날 세상과는 많이 다른 색깔일 거야. 그리고 아빠와 아빠의 친구는 그 시간을 그리워하고 있단다.

"너 그때 우리가 고등학교 때 했던 게임 이름은 기억하냐?"

"아니. 근데 네가 쓰던 닉네임은 기억해. '니콜키크더만'이었어. 내가 처음에 그거 보고 얼마나 웃었는지를 몰라. 하하하, 난 심지어 그때 쓰던 내 닉네임조차 기억을 못 하는데 네 것은 내가 아직 기억하고 있다니깐!"

네겐 아주 생소한 이름이겠지만, '니콜 키드먼'은 아빠가 학생이던 시절에 굉장한 미인이었단다. 할리우드의 아주 멋진 늘씬한 여배우였어. 다리가 학처럼 아주 길었지. 당시에는 아빠뿐만이 아니라, 누구나 동경하던 대스타였어. 그래서 장난치기 좋아하던 아빠는 아바타 캐릭터의 닉네임을 아무 고민 없이 그렇게 지었단다.

'니콜 키 크드만.'

"그런데 그 이후로 정말 그런 웃긴 닉네임이 왜 그렇게 많이 보이겠냐? 요즘에는 훨씬 더 많아지기도 했고. 뭐, 그래픽도 그때보다 훨씬 좋아지고, 게임 진행 속도도 훨씬 빨라지고, 조작도 간편해지고."

"좋네, 다 좋아졌네."

"그래, 다 좋아졌지. 그런데 스마트폰은 그래도 예전의 그 맛이 전혀 안 난다고."

사실 스마트폰만큼 멋진 기기가 또 있을까? 적어도 아빠가 세상을 사는 동안에는 이 기기를 뛰어넘는 다른 혁신적인 기기와 만나긴 힘들 거 같아. 휴대용 소형 단말기 하나로 모든 일 처리가 가능하고, 온라인 게임까지 가능하니까.

다만, 첨단의 기기라곤 해도 아빠와 아빠 친구의 불만만큼은 앞으로도 어쩔 수가 없는 거야.

혼자서 쓸쓸하게 접속하는 모습 말이야.

"그런데 그렇게까지 쓸쓸해? 아니, 게임 내에서도 친구추가가 가능하고, 채팅도 되고 다 되잖아. 요즘엔 뭐 게임에서 만나서 연애도 하고 결혼도 하는 세상이잖아. 그냥 다른 건 핑계고 요즘 게임을 소화하기엔 네가 너무 늙어 버린 거 아니야?"

"에이, 그런 거 아니라니까. 물론, 게임 내에서도 만나고 친해지기도 하지. 실제 게임 친구들도 많아. 요즘은 뭐 SNS 메신저하고도 다 연동되어서 알아서 친구추천도 다 해주고. 서로 필요한 거 있으면 도와주기도 하고 해."

"뭐야? 낯 모르는 사람끼리도 돕는 거면, 우리 때보다 훨씬 쿨한 거 아니야? 정말 멋진데?"

"달라. 완전히 달라. 친구라고는 해도 게임 친구는 친구가 아니야. 서로서로 접속되어있는 동안만 친구지. 로그아웃하면 완전히 남이야. 막말로 스마트폰 게임 친구라서 경조사를 챙겨줬다는 이야기 들은 적 있냐? 없어. 뭐, 물론 동호회 활동을 활발히 하면서 길드 조합원이니 뭐니 하는 애들이면 또 몰라. 그런데 게임 대부분이 그런 성격이 아니잖아. 스마트폰으로 하는 게임들은 훨씬 더 그래. 게임 자체도 훨씬 쉽고, 간편하지. 게다가 어려운 건 돈을 쓰면 그만큼은 쉬워지고.

그래서 그냥 동시에 접속되어있을 때, 그때만 친구, 아니, 그래, 목적이 같은 임시 동료지."

친구와 유쾌하게 통화를 마무리하고, 너와 마주하고 있으려니 아빠도 괜히 걱정스러운 마음이 피어나는 거 같아. 생각해 보니 너는 아빠의 바람과는 달리 친구 사귀는 거에 굳이 열을 올릴 필요조차 못 느낄 수도 있겠구나 싶은 거야.

완전히 달라진 세상이니까. 아빠는 친구들과 더 재미있게 놀기 위해 게임을 했다면, 네가 마주하게 될 세상은 이미 게

15. 우리, 유년 시절, 추억
- 보글보글을 즐기던 '니콜키크드만'과
모바일 게임을 즐기는 '니국적중고나라'

임을 더 재미나게 즐기기 위해서 실시간으로 게임에 접속한 사람들을 친구로 사귀는 거니까.

아마 넌 좀 이해가 어려울 수도 있을 거야. 게임을 즐기기 위해서는 그 정도로 충분한 거 아니냐고. 맞아, 게임만을 즐기기 위해서라면 그 정도로 충분할 거야. 그런데 목적과 필요가 맞아서 게임을 즐기는 동안만 친구로 남는 관계에 추억이 깃들 수 있는 것일까?

추억이 깃들 수 있다면, 그 추억은 어떤 형태로 네게 기억될까? 나와 내 친구와의 기억에는 오감이 존재한단다. 허름한 오락실의 낡은 레버, 깨진 버튼, 이따금 담배를 태우는 아저씨들 덕에 매캐했던 공기. 거기에서 우린 서로가 바로 옆에 있었기 때문에 낄낄댈 수 있었어. 그리고 그 기억은 오늘처럼 둘 중 누군가의 일상에서 무료한 순간이 찾아왔을 때, 빛을 발하며 웃음으로 치환이 되기도 하고.
만약 네가 게임 속에서 추억을 만들게 된다면, 넌 그 순간을 안겨준 사람들에게 오늘의 내 친구처럼 전화를 걸 수 있을까?

물론, 이 모든 게 다 쓸데없는 고민일지도 몰라. 분명 어떻게 변하든 네가 누릴 세상이 훨씬 더 첨단의 멋진 신세계일 테니까.

통화를 마무리할 때, 마지막으로 친구 녀석과 나눈 농담이 생각나는구나.

"그래서 요즘 나도 꽤 웃긴 닉네임을 쓰고 있어. '니콜키크드만'처럼 말이야."

"뭔데?"

"'니국적중고나라'. 하하하하! 웃기지 않냐?"

"하하, 너답네."

"뭐가?"

"센스가 완전 중고라서. 그러니까 혼자서 접속하면 쓸쓸하

15. 우리, 유년 시절, 추억
- 보글보글을 즐기던 '니콜키크드만'과
모바일 게임을 즐기는 '니국적중고나라'

니 따위의 소릴 하지. 누가 그런 닉네임에 말을 걸어주냐?"

"그래? 그럼, 뭐가 좀 요즘 애들, 인싸 같겠냐?"

"나? 나라면, '나의 라임 오지는 나무'라거나 '뻑가리 스웩' 정도는 쓸 거 같아. 왜, 요즘엔 쇼미더머니가 대세잖아. 아, 아닌가? 이것도 벌써 트랜드가 지났을까?"

15. 우리, 유년 시절, 추억
- 보글보글을 즐기던 '니콜키크드만'과
모바일 게임을 즐기는 '니국적중고나라'

괜찮아, 아빠도 쉽진 않더라

드레싱 소스를 부러워한
마요네즈 왕자

16. 도로, 마요네즈, 머리

거절 당하더라도 당당하게.
아, 그전에 늘 깔끔하게 다녀야 하는 건 기본이고.
유머감각은 필수고… 여튼, 힘내자!

드레싱 소스를 부러워한 마요네즈 왕자

 이유식을 몸에 묻혀가며 먹고 있는 널 보고 있자니 아빠는 마음이 복잡해지는구나. 맛을 하나씩 알아갈 때마다 너의 우주가 점점 더 넓어질 텐데, 아빠가 그에 걸맞게 준비를 잘해주고 있는 것인지 걱정이 절로 되어서 말이야.

 그래서 오늘은 마요네즈 왕자에 대한 이야길 해줄까 해. 바로 지난 월요일부터 우리 집 냉장고 한 편에 자리를 깔고 앉은 바로 그 마요네즈에 관한 이야기지.

마요네즈 왕자라고 소개하긴 했지만, 사실 마요네즈가 왕자인지 아닌지는 우리가 확인할 길이 없단다. 아니, 정확히는 굳이 따로 확인할 이유가 없다고나 할까? 왜냐면, 한눈에 봐도 전혀 왕자처럼 보이질 않았거든. 게다가 왕자씩이나 되는 녀석을 아빠가 마트 진열대에서 골라서 데리고 왔다는 것도 좀 이상하잖아? 그런데도 굳이 왕자라고 소개를 한 건 본인 입으로 계속 스스로 권위 있는 마요네즈 집안의 왕자라고 우기고 있기 때문이란다.

"여기 냉장고 안은 정말 서늘하군. 내가 태어났던 궁전은 사실 너무 넓다 보니 냉방이 제대로 잘되지 않을 정도였거든. 여긴 좁아서 그런지 확실히 냉방 하나는 탁월한 거 같아."

늘 이런 식으로 거드름을 피우기 일쑤였어. 덕분에 냉장고 안에 있던 식구 중 누구 하나 마요네즈에게 친절한 녀석들이 없었어. 그런 마요네즈를 점잖게 타이르며 상대해 주는 건 샐러드드레싱 소스가 유일했지.

"그래, 네가 너의 나라에서 왕자였다는 건 이제 우리가 잘 알겠어. 그렇지만, 이젠 모두 같은 냉장고 안에 놓인 처지잖아. 조금은 어른스럽게 구는 게 어때? 나도 내 입으로 이런 말 하기는 그렇지만, 나도 흔해 빠진 오리엔탈 드레싱 소스 같은 게 아니라고. 무려 참깨 흑임자 드레싱 소스야. 원재료 가격만 해도 두 배 가까이 차이가 나는 몸이라는 거지. 그러니까 우리 모두 서로서로 조심 좀 하자고."

자칭 마요네즈 왕자는 드레싱 소스의 말에 입을 꾹 다물었어. 사실 드레싱 소스의 원재료 같은 건 아무래도 상관이 없었지만, 점잖게 말을 한다고는 해도 자신보다 키가 큰 드레싱 소스가 자신을 내려다보면서 말하는 게 괜히 불편했거든.

'한두 번도 아니고. 저 녀석이 바짝 다가서서 말을 하면 내가 괜히 겁을 먹게 된다니까. 키가 나보다 머리 두 개는 더 큰 녀석이니까 조심해서 나쁠 건 없지.'

마요네즈 왕자는 마음속으로 그렇게 자신을 다독이면서도 뭔가 괜히 찜찜했어. 단순히 상대가 키가 조금 더 크다고 위압감을 느낀다는 게 이상했던 거야. 단순히 키가 더 커서라기

16. 도로, 마요네즈, 머리
- 드레싱 소스를 부러워한 마요네즈 왕자

보단 드레싱 소스에겐 뭔가 다른 특별함이 있는 거 같았던 거야.

그 비밀이 무엇일까? 다행히 그 비밀의 실체를 알기까지 그리 오랜 시간이 걸리지는 않았어. 바로 다음 날, 냉장고 문이 열리고 아리따운 콜라 아가씨가 들어서면서 모든 의문이 저절로 풀려버렸던 거야.

그리고 저절로 마요네즈는 드레싱 소스에게 먼저 말을 걸게 되었어. 걸지 않고는 견딜 수가 없었거든.

"내가 정말 궁금해서 그러는데, 자네는 어떻게 해서 그렇게 어깨가 넓은 거야? 나도 지금부터 노력하면 자네처럼 균형 잡힌 몸이 될 수 있을까?"

맞아, 콜라 아가씨나 듬직한 드레싱 소스에 비해 마요네즈 왕자의 몸매는 아주 형편없었던 거야. 머리는 드레싱 소스보다 훨씬 작았지만, 어깨라고 할 것도 없이 바로 축 처진 아랫배만 있으니까.

마요네즈 왕자는 세상이 무너지는 것 같았어. 아무리 생각해봐도 자신의 몸매가 너무 볼품없어 보였던 거지.

'아! 이대로는 고백 한 번 제대로 못 해보겠지!'

안타깝게도 마요네즈 왕자는 콜라 아가씨에게 첫눈에 반해버렸던 거야. 드레싱 소스나 마요네즈에 비해 콜라 아가씨는 정말 제대로 균형 잡힌 아름다운 몸매를 하고 있었어.

누가 뭐라고 한 것도 아닌데, 마요네즈 왕자는 두려움이 앞서서 말 한마디 먼저 건네지 못했어. 등을 돌린 채 우물쭈물 몸만 비비 꼬고 있었지.

"무슨 말인지 모르겠는데? 그런 건 우리가 태어날 때 이미 전부 결정이 나는 거잖아. 나와 형제들은 하나같이 다 이런 몸매야."

드레싱 소스는 무뚝뚝한 얼굴로 마요네즈 왕자를 쳐다봤어. 그런 게 다 무슨 의미가 있는 거냐고 심드렁하게 되묻는 표정이었어. 마요네즈는 괜히 목소리를 크게 내기 시작했어. 어쩌면 좁은 냉장고 안에서 콜라 아가씨가 들을지도 모른다는 생각에 짐짓 위엄있는 척 애를 썼던 거야.

16. 도로, 마요네즈, 머리
- 드레싱 소스를 부러워한 마요네즈 왕자

"험험, 누가 그걸 모른다고 했더냐? 왕자인 내게 예를 갖추어서 말해야 하는 거라고 몇 번을 더 말해야겠느냐!"

"뭐? 너 갑자기 무슨 냉방병이라도 걸린 거야?"

"에헴!"

마요네즈 왕자는 괜히 헛기침을 크게 하면서 드레싱 소스로부터 등을 돌렸어. 그런다고 복잡한 심경까지 전부 감출 수는 없었지. 온통 콜라 아가씨에 대한 그리움과 자신의 처진 뱃살에 대한 원망으로 머리 뚜껑이 덜덜 떨렸어.

아빠가 그런 마요네즈의 고민을 알게 된 건 늦은 밤이었어. 다음날 점심으로 샌드위치를 만들어 먹고 싶었거든. 재료들이 냉장고에 있는지 확인하려고 냉장고 문을 열어봤는데, 사과잼이 나를 향해 손을 흔들어 보이더라고. 아빠도 반가운 마음에 같이 손을 흔들어줬어.

"모두가 잠들었는데, 사과잼 아저씨는 왜 안 자고 있으세요?"

"나만 잠을 안 자는 건 아니야. 저기 저 근본 모를 마요네즈 녀석도 잠을 설치고 있다고."

사과잼 아저씨가 가리키는 곳을 보니 정말 마요네즈가 침울한 표정으로 숨을 들이셨다가 내쉬고 있었어. 덕분에 머리 뚜껑 위로 푸쉬웅, 푸쉬웅 소리가 나고 있었지.

"아, 마요네즈가 내는 소리 때문에 사과잼 아저씨가 잠들지 못하셨던 거군요. 뭐, 그럼, 잠시 저와 이야기나 좀 나누시죠.
저도 냉장고 문을 연 김에 식빵이나 한 조각 잼을 발라 먹어야겠어요."

냉장고 문을 닫고 나니 그제야 사과잼 아저씨가 열변을 토하기 시작했어.

16. 도로, 마요네즈, 머리
- 드레싱 소스를 부러워한 마요네즈 왕자

"저 얼빠진 녀석이 왜 저러는지 이유를 알게 되면, 자네도 기가 찰 테야!"

사과잼 아저씨는 마요네즈의 한심한 자기 외모 비하와 콜라 아가씨에 대한 맹목적인 마음에 대해 너무나 자세히 알고 계셨어. 그만큼 냉장고 안은 좁았던 거야.

"저 얼치기 녀석, 콜라 아가씨도 이젠 다 알고 있는 눈치더라니깐! 어려도 너무 어려. 어째서 당당하지도 못하고, 스스로 장점조차 볼 줄 모르는 걸까? 우리들 외모야 뭐, 태어날 때 이미 다 정해진 건데, 그게 뭐가 대수라고 저러는 건지를 모르겠어.

진짜 그게 이유라면, 그게 전부라면 말이야! 난 진작에 머리 뚜껑 열고 스스로 목숨을 끊었겠지. 난 저 녀석만큼 길쭉하지도 못하고, 얼굴, 몸통, 다리가 다 통으로 일자인데 말이야. 그런 걸로 치면 케첩 군은 또 어떻고? 마요네즈랑 몸매가 다를 게 뭐겠어? 키가 좀 더 큰 게 전부잖아?

아니, 대체 마요네즈로 태어난 녀석이 콜라를 보고 좌절하면 어쩌자는 거야!"

조용히 듣고만 있었지만, 사실 아빠는 너무 웃겨서 소리 내어 웃고 싶었단다. 사과잼 아저씨의 말이 틀린 데가 하나도 없었거든. 그렇잖아? 세상 모든 것들은 다 감추고 싶은 비밀과 사정이 있는 법인데, 어린 친구가 너무 보이는 것에만 집착했으니 말이야.

"하하, 그러지 말고. 어르신이 돌아가거든 조용히 불러 앉혀놓고 한 말씀 해주세요.
도로 위에 피는 꽃들조차 감추고 싶은 콤플렉스 하나쯤은 있는 게 세상 이치라고요."

사과잼 아저씨는 그제야 화를 가라앉히시고 냉장고로 되돌아가셨어. 아빠도 엄마 곁으로 돌아갔지.
그리고 잠자리에 누워서 발가락을 꼼지락거리며 지난날을 떠올렸단다.

그래, 맞아. 아빠도 어릴 적엔 마요네즈 왕자보다 더하면 더했지, 덜하진 않았어. 덕분에 온통 부끄러운 생각들로 머리가 가득 차서 잠들 수가 없었어. 다시 냉장고로 돌아가 반쯤 열린 마요네즈 뚜껑을 꼭 닫아주고 나서야 잠들 수가 있었단다.

16. 도로, 마요네즈, 머리　　227
- 드레싱 소스를 부러워한 마요네즈 왕자

괜찮아, 아빠도 쉽진 않더라

무례하다고
꼭
나쁜 사람은 아니라는 게 함정

17. 장마, 오토바이, 주머니

완벽하게 악의를 품고 다가오는 경우?
사실 그런 건 고스란히 되돌려줘야 하지 않을까?
그런데 정말 그런 경우가 살면서 몇 번이나 찾아올까?

무례하다고
꼭 나쁜 사람은 아니라는 게 함정

네가 새벽에 울어버리는 바람에 아빠는 달콤했던 꿈나라에서 바삐 돌아와야 했단다. 너무 서둘러 뛰어와서 그랬는지 다시 잠들려고 하니 전혀 잠이 오질 않더라. 그 짧은 시간에 다시 깊게 잠들어 버린 네가 얄밉기까지 했어. 물론, 침대를 통째로 차지해 버린 엄마만큼은 아니었지만 말이야.

덕분에 아빠는 오늘 하루를 아주 일찍 시작할 수 있었단다. 오랜만에 필요한 공부도 하고 스트레칭도 했어. 내친김에 산책을 나서기로 했는데, 그건 지금 생각해봐도 참 잘한 일이었어. 신선한 아침 공기를 들이마신 게 언제였는지 기억조차 나질 않았으니 말이야. 정말 오랜만에 혼자서 즐겨보는 산책이었지. 게다가 장마로 비까지 내려서 정말 운치가 있었단다.

똑똑, 똑똑.

빗방울들이 아빠의 우산을 두드리며 노크를 했어. 아빠 마음속으로 들어오고 싶었나 봐. 당연히 아빠는 그걸 거절하지 않았어. 길 위에 사람이 없는 걸 확인하고서는 잠시 마스크를 벗고 숨을 크게 들이마셨지. 신선한 공기와 함께 축축한 빗물의 내음이 아빠의 폐로 들어섰어. 곧이어 그것들이 끈적한 감성들과 만난 건 아주 자연스러운 일이었단다.

비 내리는 한적한 산책길이 물방울이 번진 수채화 캔버스처럼 보였어. 종일 우산 위로 튀어드는 빗소리만 들어도 충분할 것 같았지. 오랜만에 느끼는 요란함 속의 고요라서 아빠는 아주 천천히 걷기로 했어. 그 순간만큼은 누구에게도 방해받고 싶지 않았단다.

그 산책길에서 아빠가 무엇을 만났는지 전부 다 이야길 하자면 끝이 없을 거 같아. 짧은 시간 동안 정말 많은 것과 만났단다.

먼저 진흙 위에 듬성듬성 자리를 차지한 물웅덩이를 만났고, 비에 젖어 새초롬해진 들꽃들을 지나 우리 동네의 명물인 연꽃을 만났어. 그리고 그 위를 날아다니는 벌들과 벌들의 날개 위로 떨어지는 빗방울을 봤지. 아빠의 운동화를 폴짝 뛰어넘는 청개구리를 놓치지 않았던 건 정말 운이 좋았던 거 같아.

아마 방금 말한 것들만 자세히 이야기해도 하루 해를 넘길 정도일 거야. 그만큼 모든 순간이 생생했단다. 생동감이 넘쳐 흘렀지. 그간 멈춘 채로 나이만 먹고 있었던 건 아빠 혼자였던 거 같아. 세상의 모든 순간이 이처럼 터질 듯이 에너지를 뿜어내고 있었는데 말이야.

이럴 때 세상 아름다운 모든 순간을 담아둘 수 있는 주머니가 있다면 얼마나 좋을까? 아빠는 잠시 멈춰서서 사진을 찍어봤지만, 사진으로는 방금 말한 느낌들을 다 담아내질 못

하겠더라. 엄마에게 보여주고 싶은 마음에 무리해서라도 담아보고 싶었지만, 아무리 해도 아빠 마음처럼 되진 않더구나. 덕분에 아빠는 한동안 우스꽝스러운 모양새로 펼쳐진 우산대를 턱에 괴고서는 몸을 비비 꼬면서 카메라 셔터를 눌렀단다.

찰칵찰칵.
부르르릉.
찰칵찰칵.
똑똑, 똑똑.
개굴개굴.
찰칵찰칵.

부르르르릉!

깜짝 놀라고 말았어. 다음 순간 촤아아악! 하는 소리와 함께 물웅덩이를 가르면서 나타난 오토바이 한 대가 아빠 바로 옆을 지나쳐갔던 거야!

다행히 어디 다친 곳은 없었지만, 물웅덩이의 물을 머리부터 발끝까지 깔끔하게 뒤집어쓰고 말았단다. 정말 황당하고 허탈해서 말 한마디조차 나오질 않더구나. 그저 조금 전까지 귓가를 어지럽히던 빗방울 소리 대신 아빠의 심장 소리만 크게 들려왔어.

쿵쿵쿵쿵!

바로 조금 전까지 기쁨으로만 가득했는데, 순식간에 아빠의 마음은 뜨거운 화로 끓어넘치기 시작했단다. 비가 와도 전혀 젖지 않았던 운동화였는데, 걸음을 내디딜 때마다 깔창에서 물이 찍찍 뿜어져 나왔어. 불쾌함이 뻗치다 못해 길을 잃고 말았단다. 끝없는 불쾌함이 바로 외마디 욕설이 되어 튀어나왔고 우산은 길바닥에 나뒹굴었어. 때마침 빗방울은 더 굵어졌지만 달아오른 아빠를 전혀 식혀주질 못했단다.

쿵쿵쿵쿵!

화를 담아 걸음을 옮겼어. 우리 집이 멀게만 느껴졌지. 그래, 정말, 멀어서 다행이었어. 집에 다다를 때쯤이 되어서는 그래도 열이 가라앉았으니까.

다행히 집안은 여전히 조용해서 네가 손가락을 빠는 소리와 엄마가 잠자리를 뒤척이는 소리만이 들려왔어. 아빠는 잠시 숨을 몰아쉰 뒤 바로 샤워를 했단다.

그리고는 네가 깨어나기만을 기다렸어. 사실 혼자서 열을 내며 집으로 돌아오던 중에 네 생각이 났거든. 정확히는 네게 해줘야 할 말이 생각났고, 그 말들을 하기 위해선 아빠가 먼저 화를 참아내야 한다는 걸 알게 되었거든.

고맙구나, 아가야. 넌 꿈나라에서 손가락만 빨고 있었지만, 그것만으로도 내게 하나의 우주를 안겨준 거란다.

그래, 아빠는 솔직히 아빠에게 물벼락을 선사한 오토바이 운전자가 밉단다. 미워죽겠단다. 지금도 그 생각만 하면 화가 다시 일렁인단다. 그렇지만 화를 내기 전에, 아니 화를 낸 다음이라도, 잊지 말아야 할 중요한 사실이 있다는 거야.

그건 바로 오토바이 운전자가 다소 배려가 좀 부족한 사람이었을 뿐, 결코 나쁜 사람은 아니라는 거야.

나쁜 사람과 배려가 다소 부족한 사람은 큰 차이가 있단다. 나쁜 사람이란 나에게만 나쁜 게 아니라, 옆집 아저씨나 뒷집 아가씨에게도 나빠야 하고, 지구 반대편 제임스나 메리에게도 나빠야 하는 거야. 그렇지만, 그런 사람은 아주 극히 드물단다. 보통은 나에게는 나쁘더라도 누군가에겐 더없이 소중한 사람이거나 행복을 주는 사람이지.

그리고 그건 아빠와 엄마 역시도 마찬가지란다. 너에겐 세상에 둘도 없이 다정한 사람이지만, 아빠는 너나 엄마에게 해를 입히는 사람에겐 공포로 가득한 평생의 트라우마를 심어 줄 자신도 있거든.

지금 생각해 보면, 아빠의 옆을 지나쳐간 오토바이 운전자는 충분히 그럴만한 상황이었어. 좁은 길이었고, 빗길의 오토바이는 속도는 줄이더라도 결코 브레이크를 단박에 잡아서는 안 되거든. 그러면 바로 뒤집혀 버린단다. 그 사실은 오토바이를 생업으로 삼아 1년 넘게 탔었던 아빠가 누구보다 잘 아는 사실이지.

어쩌면 사람이 아무도 없는 산책길에서 오토바이 엔진소

리에 전혀 반응하지 않았던 내 잘못일지도 모르는 거야. 정말, 아무도 없었는데, 엔진 소리에 어떤 경각심도 가지지 않았으니까. 아마 운전자도 곧 피하겠거니 하고 다가왔겠지.

   물론, 운전자는 속도를 더 줄일 수도 있었고, 다소 불편이 따르더라도 핸들을 조금이라도 더 틀어줄 수도 있었지. 그러나 그는 그러질 않았지만 말이야. 그래도 알아야 한다는 거야. 그런 선택을 한 건 어디까지나 그가 배려심이 부족한 것이지 사람이 나빠서는 아니었다는 걸. 정말 나쁜 사람이었다면, 좁은 길에서 걸리적거리는 나를 치고 갈 수도 있었겠지.

   그러니 화가 머리끝까지 치밀어 오르는 부당한 경우를 당했을 때, 부디 오늘의 아빠처럼 한 번 더 생각해 보길 바란단다. 상대가 분명한 악의를 가지고 고의로 저지른 일인지, 그저 다소 배려심이 부족해서 빚어진 일이었는지를.

   단순한 실수였다거나 다소 배려심이 부족해서 빚어진 일이라면, 굳이 네가 나서지 않아도 된단다. 상대는 네가 아니더라도 어딜 가서나 무례하고, 항상 배려심이 부족해서 그런 일들만을 저지를 테니까. 그래서 어딜 가서나 운을 잃고, 친절과 도움을 베풀 수 있는 사람들이 그의 곁에서 조금씩 떨어져 나갈 거야. 그건 굳이 네가 나서지 않아도 된단다. 느리더라도 그런 일은 착실하게 이루어질 테니깐. 무시하고 지나치는 게 세상 다른 사람도 아닌 너를 위해서 가장 현명한 선택이 될 거야.

그리고 분명 완벽하게 악의를 품고 네게 다가오는 사람들도 살면서 분명 있을 거야. 그렇지만 그런 경우는 정말 살면서 손가락으로 꼽을 정도란다. 그러니 그 이야기는 또 다음에 더 들려주도록 하마.

그것보단 오늘의 이야기부터 부디 기억해주길 바라.

무례하다고, 다소 배려가 부족하다고 나쁜 사람으로 단정을 지어서는 안 된다는 걸.

17. 장마, 오토바이, 주머니
- 무례하다고 꼭 나쁜 사람은 아니라는 게 함정

괜찮아, 아빠도 쉽진 않더라

개미도 베짱이처럼

18. 저축, 대출, 개미

할아버지, 할머니의 잔소리가 아니더라도
아빠는 이미 대출 이자가 충분히 무섭단다.

개미도 베짱이처럼

아빠가 어릴 적에는 '개미와 베짱이'라는 재미난 전래동화가 있었어. 정확히는 '이솝 우화' 중 하나였다고 하더라. 이야기의 주인공도 베짱이가 아닌 매미가 주인공이었다고 하던데, 이야기가 여러 지역을 돌면서 주인공도 매미, 여치, 베짱이, 메뚜기 식으로 계속 바뀌었다고 해.

주인공이 어느 쪽이든, 본래의 이야기는 아주 단순해서 사실 문제가 되지 않는단다. 근면 성실한 개미는 추운 겨울이 올 것을 대비해서 무더운 여름 내내 부지런히 일했고, 매미,

여치, 혹은 베짱이일지 모르는 다른 하나는 그런 걱정은 접어둔 채 여름 내내 노래만 불렀어. 결국, 겨울이 찾아와 개미는 따스한 집에서 마음 편히 보낼 수 있었지만, 다른 주인공은 한순간에 나락으로 떨어졌지. 준비해 둔 식량도 하나 없었고, 집도 없었어. 그저 얼어 죽길 기다릴 수밖에 없었어.

'근면, 성실'에 대한 좋은 이야기임이 틀림없어. 상상력이 풍부한 사람들은 기본적인 이야기의 뼈대에서 결말을 바꾸기도 하고, 다른 식으로 이야길 해석하기도 했어. 그리고 그런 놀이는 지금도 계속되고 있지.

정말 부지런하게 겨울을 대비한 개미는 잘 살았을까? 아무런 준비 없이 여름 내내 노래만 하던 베짱이는 얼어 죽은 게 맞을까? 아니, 최저시급을 받으며 부지런히 일해봤자 최저 인생을 살 수밖에 없는 세상인데, 과연 개미가 월동준비를 제대로 했을까? 오히려 여름 내내 노래하며 가수 데뷔를 꿈꾸던 베짱이가 오디션 프로그램의 상금을 독식해서 인생 역전을 하진 않았을까?

재미난 상상들이지? 그래서 오늘은 아빠도 그런 장난을 좀 쳐볼까 해. '개미와 베짱이' 이야기의 주인공들, 그 후손들은 어떻게 살고 있을까 하고 상상해봤거든.

부지런한 일개미의 까마득한 후손들은 선조들의 이야기를 교훈 삼아서 늘 부지런히 일했어. 그뿐만 아니라, 이제는 저축의 필요성까지 대대손손 가훈으로 정하고 있었지.

"우리 선조들이 겨울을 날 수 있었던 건 단순히 일을 부지런하게 해서가 아니었어. 저축의 습관 덕이었지. 일을 좀 열심히 했다고 그날 벌어들인 걸 그날 다 까먹었다고 상상해 보렴? 그럼, 너도, 나도, 이렇게 살아있지 못했겠지."

아빠 개미는 아들 개미에게 오늘도 '근면, 성실'의 힘과 아울러 '저축 습관의 중요성'을 거듭 강조했어. 아들 개미는 무겁게 짐을 들고 옮기기도 벅찬데, 늘 듣던 잔소리를 또 듣게 되니까 힘이 빠지기만 했어.

"알겠어요, 알겠어. 그렇지만, 아버지. 학교에서 그렇게 아끼면서 악착같이 구는 건 저밖에 못 봤어요. 다른 친구들은 전혀 그런 걸 신경 쓰지 않아요. 오히려 폼나게 돈을 쓰면서 산다니까요?"

아들 개미의 볼멘소리에 아빠 개미는 대뜸 고함을 질렀어.

"이놈! 다른 애들이 섶을 지고 불에 뛰어들면, 그것도 보는 그대로 따라 할 테냐? 미련한 놈 같으니라고!"

아들 개미는 할 말이 많았지만 입을 꾹 다물었어. 이미 학교 아이들에게도 아들 개미는 독특한 애로 찍혀 있었거든. 학교에 다 떨어진 운동화를 신고 가는 건 아들 개미밖에 없었어. 다들 유명 스포츠 스타 대벌레가 광고하는 고급 농구화를 신고 뽐내기 바빴어.

뿐만이 아니었어. 등굣길마다 달팽이는 부모님들이 고급 승용차로 데려다줬고, 무당벌레들은 짝을 맞추어서 버스를 타고 왔지. 오직 아들 개미만 일찍 일어나 부지런히 걸어서 등교했어.

"정신 바짝 차려. 기름값도 아끼면 말린 과일 껍질을 몇 장이나 살 수 있다고."

불만을 표하지 못했을 뿐, 아들 개미의 스트레스는 이만저만이 아니었어. 매번 무엇을 위해 참고, 고생하는 것인지 도통 알 수가 없었어. 무엇보다 학교의 다른 아이들은 아무도 그렇게 아끼고, 참으려 하지 않았다는 거야.

"그거 해서 얼마나 아낄 수 있다고?"
"그 정도는 다들 벌지 않아?"
"오우, 야, 그건 좀 아닌 거 같아."

그런 상황이다 보니 다들 아들 개미를 무시하기 바빴어. 아들 개미가 입버릇처럼 해명하려고 드는 저축이나 습관에 대해서는 아무도 동의하지 않았지. 오히려 '가난'을 감추려고 일부러 그런 소릴 지어내는 거로 생각했어.
그리고 그렇게 애들이 확신하게 된 배경에는 베짱이의 역할이 아주 컸어.

"물론, 개미가 하는 말이 완전히 틀린 말은 아니야. 실제로 우리 가문에는 미리미리 대비하라는 말이 있어. 그만큼 겨울은 무시무시하니까. 찬바람을 피해서 식량을 비축해둘 곳이 있다면, 확실히 안심될 것 같긴 해.

그런데 그런 사고방식은 너무 케케묵은 게 아닐까 싶어. 뭐, 몇십 년 전이었다면 모르겠지만, 요즘 세상에는 '대출'이란 좋은 제도가 있잖아. 우리 가족은 몇 년째 대출로 겨울을 잘 보내고 있는걸."

아들 개미의 비루한 변명을 한편에서 듣고 있던 베짱이가 한심하다는 듯 던졌던 말이었어. '대출'이란 말이 나오자마자 모두가 깔깔깔 웃음을 터트렸어. 그들 집안 중 대출을 받지 않았던 집은 없었거든.

"우리 아버지가 그건 다 빚이라고 했어!"

"맞아, 빚이야. 그런데 우리 모두 이렇게 살고 있잖아? 그런 고생 너무 힘들게 하지 말라고 제도가 만들어진 건데, 무슨 헛소리를 더 하겠다는 거야?"

이후로 아이들 사이에서는 소비를 과시하는 문화가 널리 퍼졌어. 유명 브랜드의 옷과 신발이 유행했고, 집집마다 사치품으로 무엇을 사들였는지를 자랑했어.

겨울이 다가오고 있었지만, 누구 하나 그걸 걱정하진 않았어. 그것보단 옆집이 산 걸 내가 사지 못했단 사실이 더 큰 걱정거리였고, 옆집이 다녀온 여행을 내가 다녀오지 못했단 사실이 더 큰 걱정거리였어.

그렇게 시기와 질투가 하늘의 구름을 말려버렸을 때쯤, 가을이 다가왔어.

"이자들을 더 내세요."

늪의 경제활동을 주관하는 은행장이자, 부동산 관리자인 두꺼비가 하늘을 향해 높고 크게 울음을 울었어. 늪 지역 일대의 모든 곤충과 동물들이 다리를 동동 굴리기 시작했지.

"아니, 이건 너무 하잖아! 이자를 갑자기 올려버리면 대체 어쩌자는 거야?"

다수의 곤충들이 두꺼비에게 몰려가 항변하려 했지만, 두꺼비는 가장 앞에 나서서 시위하려는 메뚜기를 긴 혀로 날름 몸뚱이를 말아 삼켜버렸어.

"꺼어억. 다음은? 없으면, 이자들을 더 내세요."

그 공포의 순간에 태평할 수 있었던 건 아빠 개미 혼자였어. 늘 하듯이 그날도 일만 하고 있었거든. 다른 건 신경 쓸 필요도 없었어. 개미의 집에는 흔한 TV 하나 없었지만, 개미는 주차장이 딸린 집이 이미 본인 소유였고, 당장 이번 겨울을 날 식량들도 다 비축을 끝낸 상태였거든.

"내가 뭐라고 했니? 결국 빚은 빚이야. 그리고 소비는 습관이라서 고치기도 힘들어. 우리 집이 다른 집에 비해서 없는 게 많은 것처럼 보일지는 몰라도 우리 집은 우리 것이란다. 남들처럼 두꺼비에게 월세를 낼 필요가 없단 말이지."

아들 개미의 눈에서 뜨거운 눈물이 흘러내렸어. 그간 짠돌이 아빠 덕에 고생만 했다고 생각했는데, 전혀 예상하지 못한 막대한 보상을 받은 기분이었어.

다음 날, 들뜬 마음으로 학교에 갔지만, 안타깝게도 아들 개미의 기쁜 순간은 딱 거기까지였어. 이번에도 베짱이가 아들 개미의 기를 꺾어버렸지.

"그래도 궁색하게 구는 것보단 이자를 조금 더 내는 게 좋지 않아? 그래, 월세에다가 이자까지 더 내라는 건 솔직히 좀 불합리한 것 같아. 그래서 우리들 모두 부모님들이 혼란을 겪고 계신 게 맞고. 그런데 그렇다고 해서 다들 이자를 못낼 정도는 아닐걸?

그 정도야 뭐 집에 사둔 것들 중 한두 개만 처분해도 될 것 같은데?

우리 이런 우울한 이야기보단 노래나 다 같이 한 곡 듣자."

그러더니 베짱이가 품에서 최신형 스마트폰과 블루투스 스피커를 꺼냈어. 반짝반짝 빛이 났지. 또 어디서 새로 구매했나 봐.

맞아, 다들 빌린 금액도 다르고, 용도도 달랐겠지. 그러니 또 소비를 조금 더 한들 그게 무슨 대수겠어?

이젠 어차피 고치지도 못할 습관이 되어 있을 텐데 말이야.

18. 저축, 대출, 개미
- 개미도 베짱이처럼

괜찮아, 아빠도 쉽진 않더라

친구가 아니라 가족이 필요한 거야

19. 우유, 손잡이, 향수

생명에는 원래 어떤 형식으로든
책임이 따르는 법이라고 생각해

친구가 아니라 가족이 필요한 거야

아빠가 꿈꾸는 것 중 하나가 새끼고양이를 식구로 맞이하는 거란다.

그런 꿈을 꾸게 된 이유는 사실 너무나 작고 터무니없는 근거에서 발전했지. 어니스트 헤밍웨이, 마크 트웨인, 찰스 디킨스, 새뮤얼 존슨, 루시 모드 몽고메리 등 성공한 작가들이 하나같이 고양이를 가족으로 뒀기 때문이란다. 그래서 처음에는 별 관심도 없이 고양이를 알아보게 되었는데, 알아가면 알아갈수록 너무 매력적인 녀석들인 것 같아. 작고 앙증맞아 귀여움이 기본으로 깔린 녀석들이라서 너에게도 좋은 친구가 될 수 있을 것 같고 말이야.

정말 많은 장점이 보이지만, 아빠는 단 한 가지 이유로 아직은 고양이 입양을 망설이고 있어. 바로 생명에 대한 책임감 때문이야.

사랑은 결코 나만 좋자고 해서 이루어지는 게 아니거든.

그래서 오늘은 가엾은 길고양이들의 친구가 된 리스본의 비앙카에 관한 이야기를 해볼까 해.

아빠가 비앙카에 관한 이야기를 처음으로 들은 건 불과 며칠 전이야. 우리 동네 늙은 길고양이 둥치에게서 전해 들었지. 둥치의 말에 따르면, 비앙카는 이십 대 초반의 고운 아가씨였다고 하지만, 아빠는 그걸 믿지 않아. 둥치가 이미 그 이야길 처음 들었던 게 벌써 몇 년 전이었다고 했거든. 포르투갈 리스본에서 있었던 이야기가 길고양이들의 입소문을 통해 지구 반대편 한국에 닿기까지 얼마나 오랜 시간이 걸렸겠어? 그러니 비앙카는 어쩌면 이미 아줌마나 할머니가 되었을지도 몰라.

어쩌면 이미 아줌마가 되었을지 모를 비앙카는 당시만 해도 꽃다운 처녀였지만, 이미 마음속 상처가 깊게 파여 있었어. 그녀의 삶은 포르투갈의 재정위기만큼이나 아찔했지.

형편 덕에 대학은 여러 차례 휴학과 복학을 번복하다 결국 중퇴할 수밖에 없었고, 고등학교 졸업장만 가지고는 식당 종업원 같은 단순노동의 직업 외에는 구할 수도 없었어. 직업이 귀천을 가르거나 사람의 가치를 어찌하진 못하지만, 분명 미래에 대한 희망에는 많은 영향을 끼치거든. 그것만으로도 마음이 무거웠는데, 아버지란 사람은 그녀의 이름으로 빚을 냈고, 형제들은 누구도 그녀를 신경 써주지 않았어. 가족이 마음의 기둥이 되어주지 못하고 마음을 허물기 바쁜 존재들이 된 거야. 게다가 그녀의 연인은 그녀의 친구와 바람이 나서 떠나버리고 말았어.

비앙카는 세뇨라 두 몬테 전망대에 올라 먼 하늘을 바라보며 하염없이 눈물만 흘렸어. 소리 내어 울 힘도 없었지. 마음의 살점이 모두 무너져 내렸거든.

이후로 비앙카의 삶이 얼마나 어두웠는지는 말하지 않겠어. 네가 들어서 좋을 내용은 하나도 없으니까. 길고 긴 터널과도 같았다는 흔한 표현으로 대신할게. 그녀의 삶에 따뜻한 바람이 불어와 준 건 제법 오랜 시간이 흐른 뒤였어.

어느 순간부터 그녀는 작은 마을인 오비두스에서 관광객들을 상대로 에그타르트를 만들어 판매하고 있었어. 이미 관광객들에게도 '원조 에그타르트는 제로니무스 수도원 인근의 파스테이스 드 벨렝'의 것이라고 소문이 퍼져있었기 때문에 그녀의 작은 가게는 수입이 그리 좋지는 않았어. 하지만, 불안하게 학교만 다니던 시절보단 훨씬 마음이 편했어. 가게를 차리는 데 들어간 비용뿐만 아니라, 아버지가 진 빚도 느리지만 갚아나갈 수 있겠단 생각도 들 정도였거든.

비앙카는 이런 긍정적인 변화가 모두 길고양이들 때문이라고 믿고 있었어.

우연히 길에서 마주친 그들의 눈동자를 보며 무너졌던 마음의 살점들을 다시 다독일 수 있었거든. 짧은 시간 동안 많은 녀석과 친해졌어. 검은 줄무늬의 베로니스, 암갈색의 프리실라, 누런 털 위에 검은 반점이 박힌 미구엘라까지 모두 사랑스러운 녀석들이었지.

비앙카는 작은 접시에 우유와 비스킷을 채워서 녀석들이 다니는 길목에 두었단다. 오래지 않아 녀석들은 그곳을 거점으로 활동하기 시작했어. 비앙카는 녀석들을 위해 작은 지붕도 마련해주었어. 그 작은 지붕 밑에서 귀여운 눈망울로 그녀를 올려다보는 녀석들을 보고 있자면, 비앙카는 세상으로부터 받았던 상처들이 아무는 느낌이 들었어. 길고양이들이 비앙카의 마음에 걸려있던 빗장을 걷어내고 손잡이를 돌려 세상으로 끌어냈던 거야.

행복이 아름다운 이유는 어두운 감정들의 반대편에 서 있기 때문이야. 바꿔 말하면, 어둠이 짙을수록 행복은 빛이 나는 법이야. 그래서였을까? 비앙카와 녀석들의 사이에 유대감이 형성되고 그들의 만남이 일정한 패턴이 되었을 때쯤, 또 한 차례의 어둠이 다가와 그녀에게 노크했어.

"길고양이들에게 먹이를 주는 거 말인데, 이제 그만했으면 좋겠네요."

이웃의 이사벨라 할머니가 길고양이들을 위한 지붕을 걷어내며 단호하게 말했어. 비앙카는 당황스러웠지만, 입이 쉽게 떨어지지 않았어. 막연한 두려움이 그녀를 초조하게 만들었어.

"아가씨에겐 녀석들의 똥오줌 냄새가 나지 않는 게요? 거리에서 묻혀온 몹쓸 냄새들은요? 길고양이들에게 마음이 뺏긴 아가씨에겐 그 냄새들이 향수처럼 느껴질 수도 있겠죠. 그렇지만 이 늙은이에겐 그저 똥오줌 냄새에 불과하다오. 그것도 바로 내 집 옆에서 그 냄새가 나고 있잖아. 이젠 청소해도 냄새가 지워지지도 않아요."

비앙카는 손과 발이 덜덜 떨렸지만, 길고양이들을 위해 어렵게 말을 꺼냈어.

"그, 그렇지만… 차, 착한 아이들이에요."

"오, 이런 세상에! 녀석들에게 악의가 없다는 걸 누가 몰라서 하는 말 같아요? 길고양이들이 뭘 알겠어요? 녀석들은 그냥 본능에 충실한 아기들에 불과하다는 걸 이 늙은이도 잘 안다오. 하지만, 아가씨! 이걸 알아야 해요. 아가씨는 해가 지기 전에 골목 저편으로 사라지니 알 수가 없겠지만, 녀석들은 이제 내 집 바로 옆에서 밤새 울음을 운다오. 조금 더 자라서 발정 나기라도 한다면, 이젠 잠들기도 어렵겠지. 무슨 말인지 알겠어요?"

비앙카는 그제야 이사벨라 할머니의 집이 눈에 들어왔어. 길고양이들이 할머니와 이웃의 생활을 망치고 있다는 말에 마음이 약해졌지만, 그렇다고 가엾은 아이들의 지붕을 걷어내는 건 여전히 상상조차 어려웠어.

"하지만, 모두 생명이잖아요. 갑자기, 갑자기 이렇게 내몰 수는 없어요."

"아가씨, 내가 마지막으로 말하죠. 잘 생각해 봐요. 쥐도 생명이고, 바퀴벌레도 생명이라오. 그런데 아가씨는 그것들에게도 이럴 수 있어요? 같은 생명이니까? 나도 과거에 무지개다리를 건너보낸 고양이가 있었어요. 그래서 아가씨가 어떤 마음인지는 잘 알고 있죠. 그렇지만 자신에게 조금 더 솔직해졌으면 좋겠네요. 그렇게 생명이라고, 착한 녀석들이라고 아끼면서 고양이들을 아가씨의 집으로 데려가지 않는 이유는 도대체 뭔가요?"

그 말을 끝으로 할머니는 비앙카의 눈앞에서 길고양이들의 보금자리를 깔끔하게 치워버렸어. 비앙카는 그걸 눈물을 흘리며 지켜보는 수밖에 없었어. 많은 말이 혀끝에 매달렸지만, 차마 세상 밖으로 내뱉을 수가 없었어. 인정하고 싶지 않았거든.

"아가씨, 그렇게 슬픈 일이라면, 아가씨가 저들에게 위안을 받은 만큼 아가씨도 저들을 위해 책임을 다하길 바라. 저 아이들에겐 친구가 아니라 가족이 필요한 거야. 그건 길에서 태어난 모든 길고양이들의 숙명이지. 그 사실을 외면하지 않았으면 좋겠어요. 저들에게 다정한 친구로만 남겠다는 건 결국 자신에게도, 저들에게도, 무책임한 선택으로 끝나는 거야."

비앙카는 지난 날 세뇨라 두 몬테 전망대에 올랐을 때처럼 하염없이 눈물을 흘렸어. 그때와 다른 게 있었다면, 이번에는 큰 소리를 내며 울었어. 아마 그 소리는 베로니스와 프리실라, 미구엘라가 보듬어준 마음의 살점들이 아물면서 낼 수 있는 소리였겠지.

이야기를 여기까지 들었던 아빠는 포르투갈어를 할지 모른다는 게 아쉬워졌단다. 아니, 주변에 포르투갈어를 할 줄 아는 사람조차 없다는 게 안타까웠어. 그렇지 않다면, 늦었더라도 비앙카에게 편지를 써서 보냈을 텐데 말이야.

'괜찮아요, 녀석들 덕에 성장의 시간이 또 한번 찾아왔을 뿐입니다. 원래 세상의 모든 어른들이 힘든 법이잖아요. 괜찮아요, 필요하다면 한국에서 캣타워를 선물로 보내드릴까 해요. 당신은 그들에게 충분히 좋은 엄마가 될 수 있을 거예요.'

19. 우유, 손잡이, 향수
- 친구가 아니라 가족이 필요한 거야

괜찮아, 아빠도 쉽진 않더라

끝날 때까진 끝난 게 아니야

20. 소나기, 수영장, 세제

쨰르노의 이야기는 실화일까, 아닐까?

끝날 때까진 끝난 게 아니야

 흑인 수영선수이면서 금메달을 최초로 획득한 사람은 남아메리카 수리남의 '안토니 네스티'라는 남자야. 1988년 서울올림픽 접영 남자 100m 부문에서 꿈을 이루었지.

 세계인이 모여 겨루는 자리에서 금메달을 차지한다는 건 굉장한 일일 수밖에 없어. 무려 세계잖아. 적어도 동시대에서는 그 분야에서 세계 최고의 사람으로 기록되는 거니까. 그러니 누구든 금메달을 획득하면 감격스럽겠지. 그렇지만, 안토니 네스티가 느꼈던 감동은 다른 선수들의 그것보다 훨씬 더 강렬한 것이었어.

그럴 수밖에. 그는 무려 흑인이었으니까.

1964년 미국 플로리다주에는 백인들 전용의 몬손모텔이란 곳이 있었어. 수영장이 딸린 모텔이었는데, 당시 흑인과 백인으로 구성된 민권운동가들이 인종차별에 대한 항의의 뜻으로 그 수영장에 뛰어들었어. 그리고 다음 순간에 바로 사건이 터졌지. 당시 모텔의 매니저였던 지미 브록이란 남자는 흑인들이 수영장에 뛰어들었단 이유로 바로 염산을 부어버렸거든.

믿기지 않겠지만 정말 있었던 일이야. 그만큼 흑인들은 스포츠 영역에서도 꾸준히 차별을 받아왔어. 그리고 그건 지금도 형태만 달라졌을 뿐 여전히 이어지고 있단다. 남아프리카공화국은 인구의 80%가 흑인이지만, 국가대표 수영선수들은 전부 백인이야. 영국이나 미국도 여전히 대부분이 백인으로 구성되어 있단다. 흑인 선수 자체가 적단 이야기지. 그만큼 흑인들에게는 수영이란 스포츠가 여전히 접근하기 어려운 스포츠라는 거야.

이런 어려운 이야기를 왜 하느냐고? 오늘 이야기의 주인공이 바로 제2의 '안토니 네스티'를 꿈꾸는 세네갈의 '쩨르노 상고르'이거든.

쩨르노는 운이 아주 좋은 아이란다. 아프리카 대륙에는 많은 나라가 있고, 수많은 흑인이 있지만, 집에 수영장이 딸린 흑인은 그에 비해 소수에 불과하거든. 덕분에 쩨르노는 5살 때 이미 무려 수영선수가 되겠다는 꿈을 가질 수 있었어. 쩨르노의 아버지는 정치권력자답게 거침이 없었지. 세네갈에선 정상적인 훈련과정이 어렵다는 걸 받아들이고 9살이 된 쩨르노를 미국으로 유학 보내버렸거든.

어린 나이에 고향을 등지고 타국살이를 한다는 게 너무나 두려웠지만, 쩨르노는 가슴을 당당하게 폈단다. 그의 영웅인 안토니 네스티도 미국으로 유학을 하러 갔으니까.

이후 쩨르노의 삶은 아주 단순했어. 정말 미친 듯이 수영만 했던 거야. 학교 가고, 밥을 먹고, 수영장에 뛰어들었다가 숙소로 돌아와 잠이 들었어. 그게 쩨르노의 유년이자 성장기 전부였어. 다른 건 들어올 틈도 없었지. 오로지 금메달을 따서 실력을 인정받고 싶단 생각밖에는 없었어. 수영 불모지인

세네갈에 금메달을 가지고 귀환한다는 생각만으로도 가슴이 뛰었던 거야.

째르노는 수영만큼은 준비된 엘리트 코스를 밟아갔어. 체육 프로그램으로 유명한 플로리다주 잭슨빌의 사립학교 볼스 스쿨을 다녔고, 텍사스대학 롱혼스 수영팀으로 진학을 했지.
그리고 째르노 스스로 준비가 다 되었다고 생각이 들었을 때, 그의 지도 코치가 믿기지 않는 이야길 했어.

"째르노, 귀화를 해보는 건 어때? 세네갈로 돌아가면 올림픽 출전 준비가 힘들지 않겠어?"

째르노는 조국을 등지라는 코치의 그런 제안이 조금도 불쾌하지 않았어. 오히려 대단히 기뻤어. 세상이 그의 재능을 알아본 거니까. 귀화를 제안할 만큼 이미 째르노의 실력이 월등하다는 거니까.

째르노는 그날 평소보다 일찍 훈련을 마치고 동급생들이 파티를 즐기고 있는 곳으로 갔어. 평소라면 하지 않았을 일탈

행위지. 그곳에서 째르노는 성취감에 젖어 술을 마셨고, 동료들과 우스꽝스러운 게임을 하며 밤을 달렸어.

그 순간 째르노의 머릿속은 하나의 메시지로 가득했어.

'당장 세네갈로 돌아가자. 그리고 다가오는 올림픽에 출전해보자!'

그러나 불행하게도 다음날 째르노가 눈을 떴을 땐 세상이 달라져 있었어.

째르노는 기억도 하지 못했지만 돌아오는 길에 차 사고가 있었고, 째르노의 왼쪽 무릎 아래 전체가 갈려 나가버린 거야. 스포츠 스타가 될 수 있었던 째르노가 꿈을 잃어버린 별 볼 일 없는 청년이 된 첫날이었지.

그 이후 째르노가 어떤 고통 속에서 얼마나 방황했는지는 굳이 설명하지 않겠어. 다만, 그가 그 이후로 수영장은 근처에도 얼씬거리지 않았다는 것만 알려줄게.

째르노는 거의 십 년 만에 고향으로 완전히 돌아왔어. 돌아오는 길에 그의 왼쪽 무릎 아랫부분은 찾아올 수 없었지만,

20. 소나기, 수영장, 세제
- 끝날 때까진 끝난 게 아니야

대신 우울과 분노는 챙겨서 돌아왔지.

째르노의 아버지는 아무런 말도 하지 않았어. 다만 다시 돌아온 아들에게 의족을 준비시켜뒀단 이야길 해줬어. 그의 어머니도 마찬가지였어. 그저 아들을 꼭 안아주었지. 어떤 걸로도 째르노를 위로할 수 없다는 걸 그들은 알고 있었던 거야.

의족은 바로 장착할 수 있는 게 아니었어. 장착 접합성 테스트를 해야 했고, 정교하게 맞춤 제작되어야 했기 때문에 시간이 걸렸어. 그 공백기 동안 째르노는 목발을 짚거나 휠체어를 탔어. 수영으로 떡 벌어져 있었던 째르노의 어깨는 벌써 근육이 줄어들기 시작해서 예전 같지 않았지. 째르노는 그가 짚고 선 목발처럼 야위어가고 있었던 거야.

그러던 어느 날, 마른하늘에 소나기가 세 차례나 찾아들었던 괴상한 날이었어. 째르노는 휠체어에 앉아 멍하니 하늘만 바라봤어. 쉼 없이 빠르게 변하는 하늘을 보며, 째르노는 플로리다 마이애미 비치를 떠올렸어. 학기를 마칠 때마다 기분 전환 겸 들렸던 곳이었지. 파도를 따라 헤엄을 치던 기억이 그의 무릎을 간지럽혔어.

"뭐, 그래봤자 다시는 꿈도 못 꿀 일이지."

자조 섞인 한숨을 내쉬며 돌아서려는 째르노 앞에 그의 어머니가 나타났어.

"아니야, 그렇지 않아."

"죄송하지만, 그게 맞아요. 엄마, 그게 맞다고요."

"아, 네 마음에 다시 해가 들어섰으면 좋겠구나…."

"사고가 나고 숙소로 돌아온 날이었어요. 떠나기 전에 죄다 버려버릴까 하다가 무슨 미련인지 훈련할 때 쓰던 수영복과 수모 같은 것들이 눈에 들어오더군요. 반사적으로 빨아야겠다고 생각했어요. 아니, 생각도 하지 않았는데, 제 몸이 알아서 그걸 들고 세탁실로 갔죠. 목발을 짚은 채로요. 세탁기 앞에서 제가 무슨 생각 했는지 아세요? 이대로 세제를 먹어버릴까? 아니면, 세탁조 안에 들어가서 문을 잠가 버릴까? 그런데 그런 걸로는 죽지도 않을 거 같더군요. 그래서 집으로 돌아올 수 있었던 거예요. 손에 총이 들려 있었다면, 우리 모두 훨씬 쉬웠을지 몰라요."

째르노의 이야길 듣던 어머니는 참지 못하고 째르노의 등을 후려쳤어. 어둠에 먹혀버린 째르노는 이제 어머니의 마음마저도 살피지 못할 정도가 되었던 거야.

"정신 차려! 오스카 피스토리우스는 두 다리에 의족을 달고도 금메달을 땄어! 렉스 질레트는 두 눈이 보이지 않았지만, 누구보다 멀리 뛰었지. 다니엘 디아스는 두 팔이 기형이지만 누구보다 뛰어난 수영선수야! 오, 아들아! 끝날 때까지 끝난 게 아니란다… 끝날 때까진 끝난 게 아니야!"

"엄마… 다시 할 수는 있을지 몰라도 그렇게 해서 닿는 곳이 제가 꿈꾸었던 곳은 아닐 거예요."

"그래, 아닐 거야! 그럴 수는 없어. 신조차도 그런 걸 바라지는 않으실 거야. 그렇지만 이 엄마의 말을 믿으렴! 네가 원하던 꿈대로 모든 걸 이루었으면 어땠을 것 같니? 그걸로 네 인생이 아름답게 완성되었을까? 천만에! 그 이후에 남은 게 무엇인지는 아무도 모른단다. 짐작조차 할 수 없지. 어쩌면 불행한 사고가 네가 메달을 딴 바로 다음 날 찾아왔을지도 몰라. 그랬다면, 네가 지금보다 덜 불행했을까? 아니야, 쨰르노. 그런 게 아니야.

인생은, 절대, 끝날 때까지 끝난 게 아니야. 이젠 네가 정상인 중 최고가 될 수 없을지는 몰라도 다리 한쪽이 없는 사람 중에서는 최고가 될 수 있는 또 다른 기회가 찾아온 거야. 그렇게 상황이 조금 변했을 뿐이야. 모든 게 끝이 난 게 아니라고. 쨰르노, 끝은 네 숨이 멎었을 때야 끝나는 거야."

쨰르노는 그대로 어머니 품에 쓰러져 소리 내어 울었어. 당장엔 그것 말고는 할 수 있는 게 없었어. 물론, 눈물을 그친 이후에는 어떤 선택이든 할 수 있겠지만 말이야.

20. 소나기, 수영장, 세제
- 끝날 때까진 끝난 게 아니야

괜찮아, 아빠도 쉽진 않더라

세상을 바꾼 힘

21. 도서관, 냉장고, 돌맹이

나도 매력적인 돌맹이 하나 키우고 싶다.

세상을 바꾼 힘

 최근의 일이야. 도서관에서 빌렸던 책을 반납하기 위해 내리쬐는 햇살을 고스란히 받으며 걸어야 했어. 기름값도 아끼고 산책도 할 생각으로 걷기 시작한 거지만, 오십 미터도 못 가서 생각이 바뀌었어. 내몰아 쉬게 되는 숨조차 뜨거워서 짜증이 날 정도였으니까.

 그만큼 더웠어. 대단히 더웠지.

 도서관이 조금만 더 멀리 있었다면, 그날 저녁 뉴스에 아빠가 나와도 전혀 이상할 게 없었을 거야. 이성의 끈이 녹아

내리기 직전에 겨우 도서관에 도착할 수 있었거든. 정말 다행이야, 도서관에 에어컨이 돌아가고 있다는 건.

도서를 반납하고, 에어컨 바람 밑에서 두 팔을 벌린 채 잠시 쉬었어. 지나다니는 사람들은 수군거렸지만, 겨드랑이가 시원해지는 기분과 바꿀 정도는 아니었어. 오히려 그런 우스꽝스러운 몸짓을 유지하면서도 머리는 더욱 맑아졌지. 심지어 마음마저 겸손해졌단다.

아빠는 세상을 바꾼 윌리스 캐리어와 토머스 에디슨, 장영실, 세종대왕, 그리고 고대 한반도의 부족민과 로마의 공성병기 사용자를 생각하며 마음속 깊이 감사의 인사를 올렸어.

'모두 여러분들의 상상력과 도전 덕입니다.'

그래서 아빠도 인류에게 보탬이 되고 싶다는 생각을 마음속으로 굳게 하고 도서관을 나왔어. 햇살이 살을 찌르듯이 쏟아졌지만, 발걸음은 이전보다 오히려 더 당당해져 있었어.

아지랑이 피어오르는 인도를 따라 걷고, 또 걷다가 길옆에 있던 돌멩이 하나를 줍기로 했어. 주먹만 한 크기의 녀석으로. 햇살을 종일 고스란히 받아들인 녀석이라서 불덩이만큼 뜨거운 녀석이었지만, 아빠는 다시 윌리스 캐리어를 비롯한 인류의 위인들을 떠올리며 결국 돌멩이를 주워 들었어.

물론, 손바닥이 타는 듯해서 함부로 단박에 쉽게 들지는 못하고 처음엔 발로 굴리기도 하고, 나중엔 호호 불어주기도 하면서.
그리고 집으로 돌아와서는 돌멩이를 냉장고에 넣었단다.
그래, 요즘 냉장고에 들어있는 돌멩이가 바로 그 녀석이야.

길 위에 가만히 놓여있던 뜨거운 돌멩이를 왜 굳이 집으로 데리고 와서 냉장고 안에 모셨는지, 그 이유를 말하자면 이야기가 너무 길어지니까, 우선 녀석의 이름부터 알려줄게.
돌멩이의 이름은 차베스라고 해. 아빠의 짐작이 맞는다면, 차베스는 푸에르토리코의 산후안의 해안가에서부터 출발해서 이곳 대구 동구 금호강 안심습지까지 제 발로 여행을 한 멋진 녀석이야.

흔히들 강줄기의 흐름을 따라 산에 있던 바위가 돌이 되고, 다시 돌이 돌멩이가 되어 산기슭에서부터 강으로, 강에서 다시 모래가 되어 해변으로, 해변에서 바다로 간다고들 생각하지만, 차베스는 그런 일차적인 경우와는 전혀 다른 거야. 그래서 보통의 흔한 돌멩이가 아니라 차베스라는 이름도 있는 거지.

 특별한 녀석이니까.

 차베스가 특별해질 수 있었던 시작은 전적으로 우연이었어.

 구두쇠 관광객이 휴양을 즐기다 떠나면서 기념품은 일절 사지 않고 해변에 덩그러니 있던 차베스를 챙겨온 거야. 그러면서 뻔뻔하게 매끈한 면에다가 차베스의 얼굴을 그려 넣기까지 했지. 그리고 거기서 멈추지 않고 여행에서 돌아오는 내내 차베스와 대화를 시도했어.

 "네겐 기내식을 줄 수 없다고 하네. 괜찮아, 내 음식을 나눠줄게."

그렇게 차베스는 인생에서 가장 긴 여행을 하게 되었고, 살면서 단 한 번도 상상해 본 적이 없는 나고야의 어느 맨션에 도착할 수 있었어.

"조금만 쉬고 있어. 널 안군에게 보내줄 때까지."

차베스는 안군이 누구일지 매우 궁금했지만, 그 이후로 구두쇠는 차베스에게 말 한마디 걸지 않았어. 그러다 다음날 갑자기 옮겨졌지. 안군에게로.
안군은 구두쇠가 운영하는 초밥 가게의 한국인 아르바이트생이었어. 구두쇠는 사실 매우 유쾌한 성격의 인물이라서 흔해 빠진 선물보단 특이한 선물을 해주고 싶었던 거야.

"솔직히 기념품이라고 있는 것들이 하나 같이 '메이드 인 차이나'라서 말이야. 진짜 푸에르토리코의 물건으로 뭐가 좋을지 고심하다가 가져왔어. 감사한 마음을 가져. 그 녀석, 꽤 무거웠다고. 하하하, 농담이고. 안군은 우리 가게를 위해 정말 성실하게 일해주고 있으니까. 다시 한국에 돌아가도 기억해줬으면 해서 정말 잊지 못할 만한 거로 챙겨온 거야."

안군으로 불린 그 학생도 차베스를 보고 대단히 반겼어. 정말 한국으로 돌아갈 때도 차베스를 잊지 않고 챙겨올 만큼 안군과 초밥집 사장의 관계는 유쾌했어. 차베스도 어찌 돌아가는 일인지는 몰라도 낯선 타국의 땅을 연이어 밟아보는 것도 재미있었고, 비행기를 두 번씩이나 탄 것도 신기한 경험이라 생각했어.

한국에서의 일상도 그런대로 괜찮았어. 훨씬 좁아진 방으로 옮겨졌지만, 안군이 늘 말을 걸어줘서 지겨울 틈은 없었거든.
다만 그런 고요한 일상은 보통 이야기의 주인공들에게 그리 오래 허락되지는 않는다는 게 흠이지만 말이야.

불행은 어느 날 극적으로 찾아왔어. 안군의 여자친구와 함께.
안군의 여자친구는 슈에라는 이름의 중국인이었어. 마침 시험 기간이라 도서관의 자리가 부족했던 탓에 그들은 자연스럽게 안군의 자취방으로 왔던 거야.

슈에리는 본래의 목적과는 달리 처음 본 남자친구의 자취방이 흥미로웠던지 자리에 바로 앉지 않고 이것저것 둘러보기 시작했어. 그러다 자연스럽게 차베스와 눈이 마주쳤지.

"이건 뭐야? 돌멩이 아니야?"

"응, 푸에르토리코에서 온 녀석이야. 차베스라고 해."

안군은 여자친구에게 차베스와의 인연을 차근차근 들려줬어. 일본에서의 유학 시절과 초밥집 사장님과의 인연까지. 그런데 슈에리는 이야기를 듣는 내내 얼굴이 불편해 보였어. 얼굴 가득 의심하는 기운이 넘쳤지.

"정말 일본인의 이야길 그대로 믿는 거야?"

"응? 그게 무슨 말이야? 그럼, 일본인이라고 해서 무조건 의심하고 봐야 하는 거야?"

"꼭 그런 건 아니지만, 수상하잖아. 누가 선물로 이런 걸 줘? 그냥 나고야 어디, 아니, 그 사람 가게 근처에 떨어져 있던 돌멩이였을 줄 누가 알아? 모든 일본인이 나쁜 건 아니지만, 우린 그들이 과거에 무슨 짓을 했는지를 잊으면 안 된다고!"

오, 불쌍한 안군, 불쌍한 차베스. 슈에리와 안군은 크게 싸웠어. 단순히 집구경을 하다가 말고 말이야. 결국 대화가 국가 간 인종차별과 혐오까지 이어지게 되었고, 안군은 슈에리보다 먼저 집을 뛰쳐나오고 말았어. 손에는 차베스를 꼭 쥔 채로.

이후의 차베스가 어떻게 되었는지는 굳이 더 설명할 필요가 없을 거 같아. 감정이 가라앉은 안군은 여자친구와 차베스 중 결국 여자친구를 택했고, 혹시나 또 싸우게 될지도 모른다는 생각에 차베스를 버려두고 돌아왔으니까.

그래서 아빠가 차베스를 우리 집 냉장고에 넣어둔 거야.

더운 날씨에 상처받은 마음으로 땡볕에 있었을 테니 얼마나 괴로웠겠어? 몸과 마음이 모두 녹아내릴 만큼 힘들었겠지.

냉장고에 차베스를 오래 둘 수는 없더라도 혼자서 다시 세상과 맞설 수 있다는 생각을 할 수 있을 때까진 그대로 둘까 해.

음, 차베스 이야기는 여기까지야. 이번 이야기는 어떤 것 같니?

사실 아빠는 차베스 이야기보단 다른 이야길 하고 싶었어. 윌리스 캐리어를 비롯한 인류의 위인들이 어떻게 인류에게 힘이 될 수 있었는가를 말하고 싶었지.

아빠는 그들이 보여준 힘의 원천을 감히 상상력이라고 불러. 상상력이 얼마나 무한한 것이며, 그것이 우리의 삶을 어떻게 바꾸었는지에 대해서 자세히 이야기하자면 끝이 없을 거야. 상상력 덕에 에어컨과 자동차가 탄생했고, 비행기와 배, 컴퓨터와 스마트폰까지 탄생했으니까.

그런 걸 보고 많은 사람들이 상상력이란 게 무에서 유를 창조하는 거라고 오해들을 해. 에어컨과 자동차가 처음부터 세상에 있었던 것은 아니니까 충분히 그런 오해를 할 수는 있다고 봐. 그렇지만, 그건 분명 오해이긴 해.

아빠는 상상력이란 게 대단한 것이라고 분명 생각하고 있지만, 그게 그냥 하늘에서 뚝 떨어지는 어떤 건 결코 아니라고 봐. 현실로부터 받은 영감 없이 탄생한 상상력은 어디에도 없다는 말이지. 쉽게 이야기하자면, 라이트 형제는 인간이 '새'처럼 날 수 있다면 좋겠다는 생각에 비행기 제작에 도전했고, 에디슨은 '불'보다 밝은 빛을 원했으며, 로마의 공성 병기 사용자는 '기존의 도구'보다 더 효율적으로 성벽을 무너뜨리길 원했던 거야.

그래서 상상력은 '실천력' 없이는 허무맹랑한 것이기도 해. 그냥 머리에만 그려진 그림은 누구도 공감할 수가 없어. 아무도 알아줄 수가 없지. 그렇지만 그걸 강한 의지를 갖추고 '구체화'하고, 현실에 존재하는 어떤 것으로 만들어냈을 때, 상상력은 빛을 발하게 되는 거야.

알겠니? 아빠가 주워온 돌멩이처럼 말이야. 세종대왕님이 사람의 입 모양을 보고 문자를 그리고, 장영실이 그림자를 보고 천문학의 경지를 높였듯이.

아가, 이젠 네가 그렇게 맘껏 그려볼 차례라는 거야.

괜찮아, 아빠도 쉽진 않더라

남의 등을 긁어준다는 것

22. 등, 고철, 액자

보통 대부분이 자기 등 가려운 것만 알더라고

남의 등을 긁어준다는 것

 오늘 아빠가 빈 액자 하나를 구해왔어. 그림보다 액자가 마음에 드는 경우는 드문데, 특이하게도 액자 프레임이 독특해서 아주 마음에 쏙 들더라고. 현관에 두고 멋진 사진이나 그림을 걸어두면 좋겠다는 생각이 나서 망설임 없이 구매했단다.

 그래서 오는 동안 이 액자에 어떤 그림이나 사진을 넣으면 좋을까를 계속 고민했어. 멋진 이미지들이 머릿속을 많이 스쳐 갔지. 우리 가족 사진은 이미 거실에 있어서 아닌 것 같고,

단아한 느낌의 명화나 아님, 강렬한 느낌의 야생동물 사진도 멋질 것 같다는 생각이 들었어.

그러다 생뚱맞게도 네게 들려줘야겠다고 생각만 해두고 잊고 있었던 이야기가 하나 떠올랐지. 우습게도 세렝게티 초원의 암사자를 생각하다 말고, 훨씬 덩치가 작은 살쾡이 이야기가 생각났던 거야.

드넓은 시베리아 초원 한복판에서 고철 덩어리에 등을 비벼서 긁으며 신세 한탄을 했던 좀 어리숙한 살쾡이의 이야기가 말이야.

살쾡이는 삵이라고도 불리는 고양잇과 동물인데, 우리나라에서는 멸종위기 2급에 속하는 동물이야. 그만큼 요즘 우리나라에서는 보기 힘들어진 녀석이지. 그렇지만 속상해할 필요는 없어. 오늘 소개할 녀석은 혹한의 타이가 북방수림(北方樹林) 지역에서 백 년쯤 전에 살았던 녀석의 이야기니까.

자작나무 밑동에 굴을 파고 살던 녀석의 이름은 '게오르기'였어.

게오르기의 엄마는 게오르기가 위험하게 야생을 누비면서 사냥하기보단 밤을 틈타 안전하게 농가의 가축이나 몰래 하나씩 축내면서 살았으면 했어. 아무래도 형제 중 가장 덩치가 작았거든. 그래서 이름도 '농부'를 뜻하는 게오르기로 지었던 거야.

그렇지만 게오르기는 닭장 안에서 얌전히 살을 찌운 닭고기보단 다소 질긴 근육질의 고기라도 시베리아 초원을 누비는 녀석들을 사냥감으로 삼고 싶었어.

그런 야망 덕에 게오르기는 젖을 떼자마자 사냥 감각을 익히기 위해 노력했었고, 결국 형제 중 가장 먼저 독립할 수 있었단다.

게오르기는 '농부' 같은 촌스러운 이름을 지어준 가족들을 뒤로하고, 사흘을 꼬박 걸어 새로운 터전에 자리를 잡았어.

게오르기의 독립은 초반에 아주 성공적으로 보였어. 잠수를 할 줄 아는 것도 아닌데 강에서 물고기를 낚기도 했고, 재빠르게 나무에 올라 새 둥지도 쉽게 찾아냈거든.

집을 나와서 배를 곯지 않고 다니는 것만 해도 대단한데, 게오르기는 사냥도 쉽게 해내고 새로운 둥지도 굉장히 빨리

장만했어. 정말 어쩌면 살쾡이로는 최초로 시베리아 초원에서 이름을 날릴 줄도 모르겠단 생각이 들 정도였지.

그렇지만 안타깝게도 게오르기의 성공적인 독립생활은 그리 오래 지속되진 못했어. 게오르기가 쉽게 어쩌지 못할 장애물이 하나 생겼거든.

문제의 장애물이 대체 뭐였냐고? 그건 곰이나 호랑이 같은 덩치 큰 야생동물은 아니었어. 추워지기 시작한 계절의 변화도 아니었고.

다소 황당하지만, 등에서 앞발이 닿지 않는 부분이 가렵기 시작한 거야. 견딜 수 없을 정도로 말이지.

벅벅벅.

처음에는 당장 눈앞에 보이는 전나무 껍질에 대고 등을 비볐어. 금방 개운하게 시원해지는 듯했지만 안타깝게도 그건 잠시였어. 나무에서 등을 떼고 조금만 걸어가면 또 솔솔솔 가려워지기 시작했던 거야.

그래도 게오르기가 누구야? 형제 중 가장 빨리 독립한 야생 살쾡이잖아. 가려움 따윈 이빨을 꽉 물고 참기로 했어. 마침 배도 고파지던 차라 사냥할 때가 되었거든. 오리들이 무리를 지어 날아오를 시기가 되었단 소문을 들었던 터라 재빨리 호숫가로 걸음을 옮겼어.

가려움을 참아가며 호숫가에 다다랐지만, 게오르기는 오리들의 깃털 한 줌조차 거머쥐지 못했어. 사냥감을 향해 조용히 숨을 죽이고 다가가야 했지만, 등이 너무 가려웠던 탓에 결국 참아내질 못했던 거야.

우당탕.

오리들은 홰를 치며 날아올랐고, 게오르기는 물만 뒤집어써야 했어. 그런 와중에도 어찌나 가렵던지 물에 씻으면 좀 나을까 싶어서 호숫가 얕은 물에서 몸을 뒹굴었지만 헛일이었어.

고양이가 얼마나 물을 싫어하는지를 안다면, 당시 게오르기가 얼마나 가려웠는지 짐작이 될 거야.

그래도 게오르기는 영리한 사냥꾼답게 미련하게 굴지 않기로 했어. 지금 가려워 견디지 못하는 건 가려운 부위를 직접 눈으로 볼 수 없기 때문이란 사실을 정확히 인식하고 있었던 거야.

그래서 고생스럽더라도 등을 대신 긁어줄 동료들을 찾아 나서기로 했어.

"부탁인데, 내 등 좀 봐주겠어?"

"어머! 이게 누구야? 삵이잖아!"

게오르기가 영리하긴 했지만, 그만큼 훌륭한 사냥꾼이었던 덕에 평판이 그리 좋은 건 아니었어. 새들은 보자마자 게오르기를 피했어.

"이봐, 그러지 말고 좀 도와줘. 우리가 이렇게 척질 사이는 아니잖아?"

"척질 사이가 아닐 뻔한 적은 있었지. 그런데 기억을 못 하시나 봐? 내가 다 잡은 들쥐를 반대편에서 냉큼 빼돌리셨던 게 누구셨더라?"

너구리도 게오르기가 다가오자 냉큼 거리를 뒀어.

"너구리도 들어주지 않은 부탁을 내가 들어줄 거란 기대를 어떻게 할 수 있는 거지? 내가 반쯤 죽여뒀던 뱀을 낚아채서 패대기친 게 누구셨더라?"

오소리도 차갑게 등을 돌렸어. 게오르기는 이제 등이 가렵다 못해 화끈거릴 정도였어. 다급해지자 정상적인 판단과도 거리가 완전히 멀어졌어.

"이럴 게 아니야! 나보다 덩치 큰 녀석들에게 가서 빌어보는 게 빠를지도 몰라."

결국 게오르기는 이성의 끈을 놓고 말았어. 그 일대에서 상대가 없을 거라고 소문난 멧돼지를 찾아갔어. 오래지 않아 금방 멧돼지의 시커먼 궁둥이를 발견할 수 있었지만, 차마 말을 걸 수는 없었어. 낯익은 궁둥이를 보고 있자니 지난여름에 잡아먹었던 멧돼지 새끼가 누구의 새끼였는지를 단박에 알 수 있었거든.

게오르기는 다시 달려 이번엔 곰을 찾아갔어. 곰에 비하면 게오르기는 팔뚝보다도 작은 몸집이니 가소로워서라도 자신을 해하지 않을 거란 얄팍한 계산도 있었거든.

"등을 긁어달라고? 음, 싫어. 그냥 싫어. 피부병 때문인지도 모르잖아."

게오르기의 계산대로 곰은 여유가 있었지만, 여유로운 만큼 똑똑하기도 했어. 귀찮은 일에 엮이기 싫다고 등을 돌린 곰은 한 번만 더 말을 걸면 겨울잠을 잘 때 덮을 가죽으로 써 버릴 테라고 으름장까지 놓았지.

결국 게오르기는 가장 부탁하기 싫은, 아니, 가장 마주치기 싫은 동물 앞에 가서 무릎을 꿇고 빌기 시작했어.

"호랑이님, 혹시 등이 가렵거나 하시진 않으십니까? 아님, 오늘 요기는 하셨는지요? 식전이시면 제가 토끼굴을 알고 있습니다. 곧장 가서 한 놈 잡아 올 수도 있습니다."

"네가? 나를 위해? 수상한데? 그리고 그런 귀찮은 과정보단 내가 널 그냥 물어뜯어 버리면 그게 가장 빠르지 않을까?"

게오르기는 눈물을 흘리며 등을 긁어 달라고 부탁했어. 사실은 눈물을 흘리며 목숨을 구걸한 것과 다름이 없었지. 호랑이는 두 손을 모아 구걸하는 게오르기를 보며 큰소리로 웃었어.

"하하하, 정말 어이없구나! 너처럼 웃긴 녀석은 처음 봤다. 근래 들어 가장 크게 웃어본 거 같구나. 나를 웃겨준 걸 생각하면 부탁도 들어주고, 살려 줄까 싶기도 하다만, 최근에 네 녀석이 무분별하게 사냥을 저지른 덕에 환경 변화로 내가 좀 피곤해졌던 것도 사실이야.
그래, 이번 한 번은 목숨을 살려줄 테니 어서 썩 꺼지거라. 내 맘이 바뀐 뒤에도 거기에 있다간 내 손톱으로 내 등을 다 갈아엎을지도 몰라."

결국 게오르기는 종일 도움을 구걸하며 다녔지만, 누구의 도움도 받을 수 없었어. 둥지로 돌아가는 길을 둥근 보름달이 훤히 밝혀주었지만, 게오르기의 눈에는 아무것도 보이지 않

22. 등, 고철, 액자
- 남의 등을 긁어준다는 것

앉어.

드넓은 초원에서 도움받을 동물 하나 없다는 게 게오르기를 지치게 했던 거야. 몸과 마음이 다 지쳐버린 게오르기는 어느새 둥지와는 반대 방향으로 걸음을 무작정 옮기고 있었어.
그러다 인간들이 버리고 간 걸로 보이는 커다란 고철 덩어리와 마주하게 되었지.
게오르기는 그 고철이, 아니, 살면서 이름도 한 번 들어보지 못한 차디찬 돌덩어리 같은 게 대체 어디서, 어떻게 튀어나온 것인지 전혀 알 수가 없었어. 그것보다 게오르기의 관심사는 이름도 모를 차디찬 돌덩이가 고맙게도 여러모로 뾰족하게 생겼다는 사실이었어.

벅벅벅. 투둑. 후드득.

종일 참아왔던 가려움을 인간들이 두고 간 고철에 대고 긁었어. 너무 강하게 긁어서 피까지 흘러내렸지만, 게오르기는 그런 걸 전혀 느끼지 못했어. 그저 미칠 듯이 시원하다는 생각뿐이었어.

순간 게오르기의 눈에는 눈물이 차올랐어. 목숨까지 구걸했지만 아무도 상대해주지 않았단 사실이 너무 서러웠던 거야.

한편으론 지나온 시간 동안 상냥하지 못했던 자신이 한심스럽고, 상대들한테 미안했다는 생각이 들면서도 다른 한편으론 그렇다고 사냥을 양보하거나 참는다는 건 이치에 맞지 않는 일이 아니냐고 원망하는 마음이 들끓었어.

게오르기의 가려운 등에 관한 이야기는 이쯤에서 마무리를 할까 해. 게오르기가 등을 대고 긁었던 고철이 2차 대전 중 추락했던 비행기라든지, 그 비행기를 다시 찾으러 온 군인들이 게오르기를 보자마자 사살한 건 그리 중요한 내용이 아니니까 말이야.

아빠는 그것보단 조금 더 어려운 이야기를 보태면서 마무리를 하고 싶어.

너도 이제 곧 알게 되겠지만, 세상은 서로 돕고 살아야 더욱 행복한 곳이기도 하지만, 무한히 경쟁을 되풀이해야만 하는 곳이기도 하거든. 그래서 원치 않더라도 많은 사람이 필연적으로 너의 잠재적 경쟁자이기도 해.

그럼, 넌 그런 세상에서 다른 사람들의 등을 얼마만큼 긁어줄 수 있을 것 같니? 아니, 긁어주기는 할 거니?
게오르기를 보면 평소에 등 정도는 긁어주는 게 맞을 것 같기는 한데 말이야…

22. 등, 고철, 액자　　307
- 남의 등을 긁어준다는 것

괜찮아, 아빠도 쉽진 않더라

조개도 육상선수를 꿈꿀 수 있다

23. 운동화, 며느리, 조개

인생은 소녀와 같은 열정으로!
그럼, 갈매기도 마라톤 선수가 될 수 있을지 몰라.

조개도 육상선수를 꿈꿀 수 있다

세상에서 가장 친절한 바다생물을 고르라고 한다면, 아빠는 망설임 없이 조개라고 답할 거야. 인간들 뿐만이 아니라, 새, 해달, 고둥, 불가사리, 문어, 주꾸미 등 조개는 모두에게 훌륭한 단백질 공급원이거든. 그야말로 육, 해, 공, 모두에게 사랑받는 식자재라는 거겠지.

음, 물론, 아빠 처지에서만 조개가 친절한 녀석이고, 조개 처지에서는 아빠를 비롯한 다른 천적들이 그저 악마보다 못한 놈들일지도 몰라. 조개는 그저 한가로이 바다 밑을 거닐거나 바닷바람 맞으며 바위 위에서 일광욕이나 좀 즐기려는 건데, 주변에서 그걸 가만히 두질 않으니 말이야.

그럴 만도 한 게 조개는 몇몇을 제외하고는 자리를 쉽게 떠나지 않거든. 단단한 껍질을 믿어서인지, 아니면 단순히 발이 느려서인지는 모르겠어. 어쨌든 조개들은 사냥을 당할 때도 쉽게 움직이질 않아. 덕분에 많은 생물이 조개의 속살을 취하고, 허기를 달래어 하루를 더 열정적으로 살 수 있는 거야.
그러니 서로의 입장이 극명하게 갈릴 수밖에. 친절한 조개, 악마보다 못한 천적들로.

오늘은 그래서 조개들 중에 유일하게 육상선수를 꿈꾸었던 '소냐'에 대해서 이야기해줄까 해.

소냐는 남시베리아 태평양 연안의 어디쯤에서 조용한 일상을 보내던 수줍음 많은 소녀 조개였어. 그런 소냐가 육상선수가 되겠다는 꿈을 꾸게 된 건 충격적인 사건을 겪게 되어서야. 우린 흔히 그런 경우를 트라우마라고 단순하게 말하거나

'인생에서 씻어낼 수 없는 상처' 같은 은유적인 표현으로 말하곤 하는데, 아빠는 생각이 좀 달라.

그건 감히 문자나 말로 풀어낼 수 있는 어떤 게 아닌 것 같거든. 그만큼 무서운 사건이었어. 그리고 모든 불행이 그렇듯이 그 이전에는 소냐에게 행복만이 있었단다.

소냐가 '인생에서 씻어낼 수 없는 상처'가 생기기 한 달 전, 소냐는 껍질에 물결 자국이 남은 잘생긴 청년 '알렉세이'와 결혼했었어.

소냐는 알렉세이 가문의 며느리가 되었지만, 시집살이할 필요는 없었어. 모셔야 할 시부모님이 이미 하늘나라로 먼저 떠난 뒤였거든. 아버님은 나팔고둥에게 껍질이 부서진 지 이미 십여 년이 지났고, 어머님은 불가사리가 머물다 떠난 자리에서 껍질만 발견된 게 벌써 오 년이 지났다고 했어.

그 이야길 하며 껍질 사이로 거품을 뿜어내는 알렉세이의 모습이 소냐에게서 연민을 자아냈지. 그때까지만 해도 소냐는 눈치채지 못하고 있었던 거야.

알렉세이 가문은 대대로 천적들로 인해 단명하는 팔자들이라는 걸.

그래, 불쌍한 알렉세이도 결국 하늘에서 날아온 갈매기의 부리에 걸려 사라져야 했어. 대체 얼마나 멀리까지 날아갔는지 소냐는 알렉세이의 껍질조차 찾을 수 없었어.

소냐는 믿을 수 없었어. 갈매기가 날아와서 덮치기 직전까지 알렉세이는 소냐의 바로 옆에 있었거든. 갈매기의 깃털 하나가 파도 위에 떨어지는 걸 보고 나서야 겨우 눈치챌 수 있었어.

"아! 어째서!"

그게 소냐가 할 수 있었던 전부였어. 이미 텅 빈 하늘을 보며 외마디를 내지른 것 정도가 전부였던 거야. 평생을 함께하기로 한 인생의 반쪽을 잃었으면서….

소냐는 이해할 수 없었어. 알렉세이와 소냐는 그저 바위틈에서 바닷바람에 껍질을 말리고 있었을 뿐이었거든. 누구에게도 피해를 주지 않았고, 누구에게도 자신들을 드러내지 않았어. 오히려 조심스럽게 자신들의 껍질 색깔과 비슷한 바위를 찾느라 오랜 시간을 보냈을 정도였어.

그렇게 조용히, 누구에게도 조금의 불편을 안기지 않고 가만히 있기만 했는데 불운이 급습해온 거야.

이후로 소냐는 갈매기가 대체 얼마나 빠른 것인지를 직접 확인해 보기 위해 매일같이 바위를 올랐어. 그러는 중에 갈매기의 부리가 정면으로 날아든다면, 그건 그거대로 괜찮다는 생각까지 했어. 늦었지만 알렉세이를 따라서 가는 거니 조금도 쓸쓸하거나 무섭지 않을 거란 생각까지 했던 거야.

그런 소냐의 생각이 너무 강렬해서 갈매기들에게 전달이 되었던 걸까? 갈매기들은 발아래에서 소냐가 꿈틀거리는 걸 빤히 지켜보면서도 다가오질 않았어. 다만 이따금 바람을 가르며 근방을 잽싸게 스쳐 지나갈 뿐이었어.

소냐는 그런 갈매기의 모습을 유심히 지켜봤어. 그러다 해가 저물 때쯤이 되어서야 고개를 크게 끄덕였지.

'그래, 녀석보다 발이 조금만 빨라도 사냥당하지 않을 수 있겠구나! 그래, 우리 모두 이렇게 당하고만 있을 수는 없어!'

23. 운동화, 며느리, 조개
- 조개도 육상선수를 꿈꿀 수 있다

그날 이후로 소냐는 껍질 밖으로 발을 뻗어 움직이는 연습을 했어. 쉴새 없이 발을 놀렸지. 그걸 지켜보던 다른 조개들은 불쌍한 소냐가 슬픔에 빠져 그만 정신을 놓아버렸다고만 생각했어.

"소냐, 그만둬. 그건 어림도 없는 일이야."

"그래, 그렇게 해서 정말 발이 빨라진다고 한들, 그게 무슨 소용이야? 알렉세이는 돌아올 수도 없는걸."

주변에서는 소냐를 계속 말려보려 했지만, 소냐의 고집은 상당했어. 남들보다 몇 배로, 쉬지 않고 움직였어. 해안을 따라서 일주를 할 정도였지.

정말 육상선수라도 될 기세였어. 아빠가 진작 알았다면, 조개 발에 맞는 작고 정밀한 운동화를 직접 주문 제작을 해줬을지도 몰라. 그만큼 소냐의 열정은 사람의 마음을 잡아끌 정도로 대단히 뜨거웠어.

그런 소냐에게 인근에서 가장 나이가 많은 조개, 이바노비치가 찾아온 건 전혀 이상할 일도 아니었지.

"네가 걱정스럽구나, 소냐."

"제가요? 어째서요? 전 그냥 조개도 달릴 수 있다는 걸 보여주고 싶을 뿐이에요. 이미 다른 조개들보다는 재빠르게 움직일 수 있어요."

"그래, 그렇지만 그게 달리는 건 아니잖느냐? 내가 이렇게 오래 살아왔지만, 우리 조개가 이 하찮은 발로 달릴 수 있다는 건 듣지도, 보지도 못했구나."

"네, 그랬겠죠. 지금까지는 알렉세이도 없었고, 저도 없었으니까요."

"네 슬픔이 우리 앞에 펼쳐진 바다보다 깊다는 건 이제 알겠어. 이 일대의 모든 조개들이 그걸 잘 알고 있단다. 그래서 모두가 널 걱정하는 거야. 이젠 마음을 편히 쉬게 해줄 때인 거 같구나."

"아니요. 위험에 노출된 건 제가 아니에요. 오히려 아직도 우리가 가진 발을 하찮은 거라고 여기는 모두들이죠.

지난주만 해도 어디서 나타난 건지도 모를 철새들한테 어린아이들이 떼죽음을 당했어요. 그럼, 대체 누가 더 위험에 처해 있는 걸까요?"

"그건 사고잖느냐! 사고는 원래 급작스럽게 다가오는 거란다. 그런데 넌 스스로 자신을 위험의 중심으로 떠밀고 있는 거고. 오, 소냐. 부디 네게 마음의 평화가 찾아오길 바랄 뿐이다. 우리 모두 아직 어린 네가 그릇된 선택으로 앞날을 망치질 않길 바랄 뿐이야. 너는 충분히 멋진 진주를 품을 수도 있을 테니까 말이야."

이바노비치는 진심으로 소냐의 안전과 마음의 평화를 바라며 자리를 떠났어. 그래도 소냐는 멈추질 않았지. 조금도 달라지지 않았어. 오히려 더 열심히 발을 놀렸어.

시간이 흘러 수온이 바뀌어 낯선 물고기들이 보일 때쯤,

소냐의 이름은 이미 일대에 널리 퍼져 있었어. 조개들 중 가장 빠른 조개라고.

실제로 소냐는 이미 죽을 고비를 세 차례나 넘긴 뒤였어. 문어의 촉수를 피하기도 했고, 불가사리의 접근을 뿌리쳤고, 날아온 마도요의 부리도 피해냈어.

늙은 이바노비치는 자신의 우려가 단순히 관습에 젖어서 빚어진 결과라고 인정하기에 이르렀어. 다시 소냐를 찾아와 정중하게 부탁까지 했지.

"네가 옳았던 것 같구나, 소냐. 정말 우리들도 너처럼 노력하면 위험을 덜 수 있을까?"

"모두가 그럴 수 있을 거라고는 저도 장담할 수 없어요. 하지만 그렇게 될 수 있다면, 알렉세이도 분명 기뻐할 거예요."

"그래, 더는 알렉세이 같은 아름다운 청년을 그냥 잃을 수는 없어. 소냐, 조개들 앞으로 나와다오. 부디 그들 앞에서 강연해주길 바라."

23. 운동화, 며느리, 조개
 - 조개도 육상선수를 꿈꿀 수 있다

믿기지 않겠지만, 오늘날에 이르러 가리비들이 껍질을 여닫으면서 추진력으로 이동을 하거나 작은 조개들이 발을 이용해 모래 밑으로 파고 들어가는 등의 기술들은 모두 소냐에게서 물려받은 거란다. 영리했던 소냐는 모든 조개들이 같은 기술을 전부 자신처럼 완벽히 소화할 수 없다는 걸 알고 있었거든. 그래서 저마다에게 어울리는 기술을 하나씩 남겨두고 세상을 떠난 거야.

어때? 멋지지?

그래, 누구나 살면서 소냐처럼 불운을 겪을 수 있단다. 그리고 다들 한 번쯤은 그 순간에 소냐처럼 생각해 볼 수도 있고. 그렇지만, 그렇다고 모두가 소냐처럼 마지막 순간까지 열정을 다하는 것은 결코 아니란다. 그래서 아빠는 소냐가 누구보다 멋지다고 생각해.

모두를 바꿀 만큼 강렬한 열정, 강렬한 사랑이었으니까.

23. 운동화, 며느리, 조개
- 조개도 육상선수를 꿈꿀 수 있다

괜찮아, 아빠도 쉽진 않더라

선풍기는 오늘도
열정페이로 봉사중입니다.

24. 선풍기, 가위, 아이돌

자발적인 열정페이와 비자발적인 열정페이

선풍기는 오늘도
열정페이로 봉사중입니다.

네 엄마와 내 눈에는 네가 누구보다 귀엽고, 잘생겼단다. 아마 그건 세상 모든 부모들이 다 그럴 거야. 자기네 자식이 가장 예쁠 거야.

그런데 네 엄마는 아무래도 아빠보다 그게 더 심한가 봐. 네가 계속 아이돌이나 연기자가 되면 좋겠다고 하는구나. 당장 아기모델부터 시켰으면 좋겠다고 하니까 아빠는 굉장히 당황스러울 때가 많단다.

거기엔 네 의사가 전혀 반영되어 있지 않으니까 말이다. 당장 잠이 온다고 안아달라고 떼를 쓰는 너를 보고 있으면,

과연 카메라 앞에서 내게 웃어줄 때처럼 네가 웃어줄 수 있을까 하고 의구심만 가득해지거든.

말이 나온 김에 오늘은 아이돌 연습생들과 관련 있는 이야기를 해볼까 해. 정확히는 서울 어딘가에 있는 작은 연예인 기획사, 그곳의 연습실에 달린 선풍기의 이야기야.
듣기만 해도 땀내가 나는 것 같지 않아? 맞아, 꽤 현장감 있는 이야기가 될 거야.

아이돌 연습생들의 지하 연습실은 단출했어. 벽에 큰 거울이 달렸고, 건물 기둥마다 낡은 선풍기가 달렸고, 거울 반대편 벽면엔 무식하게 큰 에어컨 하나와 접이식 의자가 몇 개 있는 게 고작이었어.
그런 곳에서 우리의 주인공 선풍기는 오늘도 열정페이로 봉사 중이었지.

타닥, 탁탁탁, 타다다다.

때는 5월의 초입이라서 에어컨을 틀기엔 그만큼 습하지

않았고, 그렇다고 마냥 견디고 있기엔 등이 젖을 정도로 온도가 높았던 거야. 그나마 지하라서 열기가 덜한 편이었지만, 끊임없이 몸을 움직이며 안무를 정비하는 연습생들에겐 선풍기라도 쉬지 않고 돌아가 줘야 했어.

'아, 힘들어. 그냥, 에어컨을 틀라고. 그렇게 몸을 움직이면서 시원하길 바라다니 얼마나 멍청해야 저럴 수 있는 거야?'

선풍기는 말을 못 할 뿐이지 불만이 이만저만이 아니었어. 이제 연식도 오래되어서 쉬고 싶기만 한데, 하루에 열 시간, 열다섯 시간, 스무 시간 이상씩도 돌리니 심장인 모터가 점점 더 약해지는 걸 고스란히 느낄 수 있었던 거야.

'한 무리 사라지면, 또 한 무리가 들어오고. 또 한 무리가 나가면 다른 무리가 들어오고. 대체 나는 언제 쉬라는 거지? 아니, 너희들도 먹고, 자고, 쉬어야 할 거 아니야? 너희가 쉬어야 나도 쉬지!'

24. 선풍기, 가위, 아이돌
- 선풍기는 오늘도 열정페이로 봉사중입니다

그렇지만 드나드는 누구도 선풍기에겐 관심이 없었어. 그들이 관심을 보이는 경우는 정해져 있었어.

"바람 좀 더 세게 올려봐!"

연습생들이 격한 안무를 마치고 나면 늘 나오는 말이었어. 오히려 노쇠해진 선풍기는 그들에게 화만 불러일으켰어. 덕분에 심심찮게 조롱도 들어야했지.

"쟤도 이젠 오늘, 내일 하는가 봐. 회전이 자연스럽지 않잖아. 어떨 땐 선풍기가 나보다 브레이크 댄스를 더 잘 추는 것 같다니까? 저기 봐봐, 딱. 딱. 딱. 끊어서 돌잖아. 대단한 기술이다, 하하하!"

이렇다 보니 선풍기의 불만은 하루가 다르게 더 쌓여만 갔어. 인간들에겐 연습생들의 안무가 멋져 보일지 몰라도 선풍기에겐 아무 의미 없는 몸짓이었으니 그럴 수밖에. 선풍기는 그들에게서 어떤 열정이나 의미, 감동을 전혀 찾을 수 없었기 때문에 더욱 괴로웠던 거야.

'말년에 이렇게 허리가 휘라고 일해도 누가 알아주길 하나, 그렇다고 저 아이들이 매일 하는 짓이 재미있기라도 하나, 그냥 어디 한 군데 전선이라도 끊어져서 제발 좀 쉬었으면 좋겠다.

내가 하는 짓이 너희가 말하는 열정페이랑 다를 게 뭐냐?'

그러다 어느새 6월이 되었어. 선풍기에겐 그때까지 늘 똑같은 하루라서 매일 의미 없이 힘들기만 했지만, 연습생들에겐 많은 게 달라지기 시작한 6월이었어.

"이번 오디션에는 새로 들어온 기수 말고는 전부 참가해보자. 규모가 큰 만큼 우리 중 누가 되든 본선까지만 가도 앞으로의 활동에 큰 영향을 미칠 거야!"

연습생들의 눈빛이 달라졌어. 선풍기는 더욱 힘들어질 수밖에 없었어. 다들 몇 번이고 다시 춤을 추기 시작했거든. 선풍기 눈에는 아무 의미가 없어 보이는 동작을 계속 되풀이했던 거야. 그곳을 드나드는 모두가 말이야.

"내가 늘 하는 말이지만, 우리가 지금까지 여기서 땀 흘린 시간을 가볍게 생각하지 말자. 그 시간 동안 아르바이트를 했으면 다들 아르바이트비로 중형차를 뽑아도 뽑았을 거야. 그런데 주목받지 못하고 데뷔도 못 하면 그건 그냥 끝인 거잖아. 아르바이트비가 다 뭐냐, 우리 하는 짓이 막말로 4대 보험이 되는 것도 아니고, 그냥 백수랑 다를 게 뭐야? 이러다가 데뷔도 못 하고 집으로 돌아가면, 그걸로 끝인 거야. 아이돌 연습생 같은 건 앞으로 우리 이력서에 적을 것도 안 된다고.

무슨 말인지 알겠지? 다 우리들 성공을 위해서야. 데뷔조차 못 하면 열정페이조차 못 돌려받는 거라고. 그냥, 인생 한 페이지 가위로 오려지고, 버려지는 거야. 끝이라고."

무리 중에서 리더로 보이는 한 명이 비장한 각오로 말했어. 그게 또 모두에게 자극이 되었던지 한동안 쉬지도 않고 춤을 췄어. 물론, 선풍기는 그때도 불평불만만 더 쌓였고.

6월 중순쯤에 이르러 연습실에도 에어컨이 가동되기 시작했어. 선풍기는 드디어 할 일이 줄어들었어. 에어컨이 돌고 있는 동안은 종종 쉴 수 있게 된 거야. 더는 강풍으로 모터의 수명을 갉아 먹을 일도 없었어.

'아, 이제 좀 쉬려나? 어서 겨울이나 왔으면 좋겠다.'

그 사이에 연습생들은 연습실에서 눈물을 흘렸고, 자기들끼리 파티도 했고, 또 몇 명이 모습을 감추는가 싶더니 다시 더 많은 인원들이 연습실로 모여들었어.

"오디션을 통해 선배님들의 눈부신 활동을 봤습니다! 저도 꼭 데뷔하고 싶습니다!"

선풍기는 그런 모습들을 권태롭게 바라봤어. 왜 저렇게들 기를 쓰며 무의미한 짓을 되풀이하는 것인지, 지하 연습실에서 평생을 보낸 선풍기는 결코 이해할 수가 없었던 거야.

어쨌든, 시간은 늘 정직했어. 연습생들에게도, 선풍기에게도, 똑같이 흘러갔어. 여름과 가을을 지나 겨울을 맞이했거든. 선풍기는 바람대로 멈추어 선 날개에 먼지가 내려앉았어.

연습실로 찾아드는 연습생들은 얼굴이 모두 달라졌어.

연습생들끼리 하는 이야길 들어보니 기존의 기획사가 지난 오디션 프로그램에서 큰 반응을 불러와서 단기간에 급성장했나 봐. 그때의 얼굴들은 모두 사라지고 여러 곳에서 투자를 받아 큰 건물로 옮겨갔다는 소문만 남았어.

여전히 낡은 지하실 연습실 기둥에 매달린 선풍기. 그런 선풍기의 바람은 오직 하나였어. 그저 이번 겨울은 평소보다 더 길게 이어지길. 봄이 오지 않았으면. 그래서 누구도 전원 버튼을 누르지 않았으면 바람.

물론, 그러거나 말거나 누군가 또 시간이 되면 잠들었던 선풍기를 깨우겠지. 그게 선풍기의 일이니까.

타닥, 탁탁탁, 타다다다.

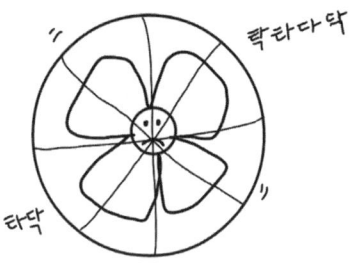

24. 선풍기, 가위, 아이돌
- 선풍기는 오늘도 열정페이로 봉사중입니다

괜찮아, 아빠도 쉽진 않더라

맺음말

25. 맺음말

지금부터 남기는 글은
오로지 독자들을 위해서입니다.

이유 있는 고집
- 프로젝트 〈내책만사〉와 〈퇴근길, 글 한잔!〉

마지막까지 이야기의 여정을 즐겨주셨던 분들에게 감사의 인사를 올립니다.

여기에 적힌 원고들은 모두 '1일 1마감'의 형태로 연재하듯이 쓴 글들입니다. 그것도 세이브원고라고 할 것도 없이 일단 부딪혀보자고 쓴 이야기들입니다. 게다가 7월부터는 독자들과 소통하는 모습을 보여주기 위해 일부러 댓글로 남겨주는 단어들을 활용하여 문장을 만들었습니다. 정말 거의 실시간으로 원고를 써내다시피 했네요.

스스로 이런 번거로운 방법을 굳이 고집했던 이유는 어디까지나 여러모로 도전적인 실험이 필요한 시점이기 때문입니다.

제가 기회가 있을 때마다 이야기하는 게 현재 출판계에서는 상실된 '운동성'입니다. 변화와 혁신을 꾀하는 도전들 말이죠.

여기에 얽힌 여러 복잡한 이야기들이 많지만, 오늘은 과감하게 생략하고, 당장 여기에서는 도서정가제로 시작되는 아주 짤막한 이야기만 해볼까 합니다.

도서정가제의 시행 취지는 거창했지만, 결국 현재 도서의 정가는 분기별로 인상되고만 있습니다. 전체적인 물가 인플레이션을 보면 문제가 아니라고들 하지만, 그건 도서라는 상품이 현재 무엇과 경쟁하고 있는지를 전혀 모르는 한심한 소리에 불과하다고 봅니다.

도서는 반세기 전부터 라디오와 경쟁했고, TV와 경쟁했고, 극장과 경쟁했습니다. 게다가 최근에는 스마트폰의 침공으로 몰락 직전인 상태라 해도 과언이 아니죠. 그러니까 독서인구가 증발하고 있다는 게 문제의 핵심이지, 이미 동종 업계의 어떤 책들과 경쟁을 하느냐는 오히려 큰 문제가 아니라는 겁니다. 이미 시장에 남아있는 독서인구는 하나같이 마니아들이라서 그들은 얼마간 정가가 오르더라도 신간으로 나오는 책들이 일정 이상의 자격요건만 갖추어주면 다소 부담이 되더라도 한 번쯤은 추가로 구매할 마음이 있는 상태입니다.

그것보단 떠나간 독자들과 잠재적으로 진입할 의사가 있을지도 모를 독자들입니다. 사실은 이들이 시장으로 돌아와 주지 않는다면, 지금의 경쟁들은 의미 없는 출혈경쟁에 불과합니다. 그런데도 시장에 남은 출판업자들은 그저 도서의 정가를 올리는 소극적인 대응만을 하고 있습니다. 수요가 매년 줄어들고만 있으니 그만큼 정가를 올려서 유지비를 마련하려는 겁니다. 당장에는 유효해 보여도 이런 대응은 남아있는 마니아들의 지갑만 거털 내게 되는 형태가 되고, 결국 남아있던 마니아들마저 시장에서 이탈하게 만드는 기능으로 작용하게 됩니다.

그래서 저는 처음으로 정기간행물을 발표했었던 지난 2015년부터 독립적인 유통시스템에 대해 고민했었습니다. 어떤 식으로든 독자와 콘텐츠 원천 창작자가 직접 연결되어야 종이책이든, 전자책이든, 창작의 결과물 정가 자체가 낮아질 수 있다는 확신이 있었기 때문입니다.

실제로 현재 막강한 산업군이 된 웹소설 영역은 연재물에 대해 편당 가격을 책정하고 작가의 글을 독자가 웹이나 앱을 통해 결제한 후 바로 읽을 수 있는 형태입니다.

그 금액부터 편당 2~300원으로 접근에 부담이 없습니다. 물론, 단행본 한 권 분량 이상을 그렇게 연이어 본다면, 다소 부담스러울 수 있는 수준이 되기도 하지만, 하루에 한두 편 정도로 그렇게 소비하는 건 독자나 작가, 모두에게 괜찮은 접점이 되어줍니다.

물론, 이렇게 되기 위해서는 기술적으로 보안프로그램과 뷰어프로그램이 장착된 사이트와 앱을 기본적으로 구축해야 합니다. 당연히 큰 비용이 들며, 다수의 잠재적 독자들을 단시간에 끌어와야 하므로 영세한 규모의 출판업자가 쉽게 감당할 수 있는 수준은 아닙니다. 자칫 잘못하게 되면, 유통비용을 줄이려고 들다가 오히려 다른 개발비용과 유지비용에 무너질 수도 있죠.

그렇지만 확실한 건 이미 세상은 변화하였고, 또 거기서 더 변화하는 중이라는 겁니다. 최근의 콘텐츠 트랜드는 '구독' 시스템에 있습니다. 그건 유튜브 같은 영상 콘텐츠나 블로그 같은 웹콘텐츠에서 쉽게 확인할 수 있는 부분입니다. 잠재적인 다수의 독자들, 대중들은 이미 그 시스템에 익숙해져 있습니다. 더는 기존의 종이책, 단행본만으로는 독자들에게 다가가는 데 한계가 있다는 것이며, 이건 단행본 형태의 전자책 역시 마찬가지입니다.

1인출판사 15번지의 프로젝트, 〈내책만사〉와 〈퇴근길, 글 한 잔!〉은 이런 고민에서부터 출발한 기획들입니다.

우선 기존의 종이책 단행본을 취급하는 게 저 역시도 투자비가 적게 들고 수월하다는 점에서 이 부분을 포기할 수는 없었습니다. 다만 기존의 출판사들하고는 차별화를 두고 가내수공업 정신을 바탕에 두고 가급적 모든 공정을 직접 혼자서 해내는 방향으로 틀을 잡았습니다. 그래야만 도서의 정가를 합리적인 선에서 지킬 수 있을 테니 말이죠.

저는 그 합리적인 선을 1만 원이라고 봤습니다. 영화 한 편의 표가 1만 원쯤을 하고 있으니 그 이상을 받는 건 설득력이 없다고 본 것입니다.

그래서 탄생한 프로젝트가 '내책만사'입니다. '내 책은 만 원도 안 하니 사줘!'라는 다소 우스꽝스럽고 노골적인 멘트로 다소 무거울 수 있는 이야기를 가볍게 전달하고 싶어서 택한 프로젝트명입니다. 제가 협업으로 만드는 도서가 아닌 이상에는 가급적 혼자서 직접 기획하고 원고를 작성하는 '내책만사' 프로젝트를 통해 책을 출판할 생각입니다. 그리하여, 정가 9,900원만큼은 앞으로도 지켜나가고 싶습니다.

'퇴근 길, 글 한잔!'은 제게도 아직은 낯설고 진입장벽이 있는 '구독' 시스템으로 다가서기 위한 노력입니다. 프로 웹소설가들과 똑같은 호흡으로 연재를 할 수는 없더라도 제가 할 수 있는 이야기를 최대한 다채롭게 풀어내면서 개인 사이트에 글을 연재하고, 그 글을 매일같이 홍보하며 잠재적인 독자들을 직접 찾아 나서는 작업입니다.

앞서 잠시 언급한 것처럼 저는 가진 것 없는 개인이라서 앱이나 사이트를 통해 보안프로그램이 갖추어진 특정 뷰어를 통해 결제된 글을 공개할 수 있는 처지가 아닙니다. 그렇게 되려면 적어도 제가 복권이 당첨되거나 속된 말로 주식이 '따상상' 해서 반백수와도 다름이 없는 지금 생활이 완전히 바뀌어야만 가능한 부분입니다. 제가 아무리 무모하고 인생에서 모험과 도전을 즐기는 취향이라고 한들,

제 가족의 생계까지 위협하면서까지 빚을 지면서 그럴 수는 없으니까요. 그러니 실제 그런 시스템을 갖추기 위해 구체적으로 얼마가 필요하다의 문제가 아니라, 일단 제 생활부터 뭔가 더 단단하게 기초가 다져져야 도전의 여유도 생길 수 있다는 겁니다.

그래서 현재 '퇴근 길, 글 한잔!'의 시스템은 대단히 허술하고 빈약합니다. 그렇지만 독자를 직접 찾아 나서는 즐거운 모험을 포기할 수는 없기에, 프로젝트를 고집해 나갈 계획입니다.

열심히 하다 보면, 모든 문제들이 어찌어찌 해결될 수 있지 않겠습니까? 뭐, 가장 단순하고, 가장 쉬운 방법으로는, 결국

저의 글이 좋아지면,

모든 고민과 문제가 해결될 수 있다는 믿음을 가지고 앞으로도 계속 도전해 보려고 합니다.

다시 한번 거듭,
시간을 들여 여기까지 읽어주신 모든 분들에게 감사의 인사를 올립니다.

괜찮아, 아빠도 쉽진 않더라

2021년 9월 10일 초판 인쇄

만든이 - 문수림
기획, 관리 - 문수림
삽화 - 이상아
표지 및 본문 편집디자인 - 문수림
교정 - 문수림
펴낸 곳 - 1인출판사 15번지
인쇄 - 벨루가미디어

홈페이지 - https://novel15.net
이메일 - novelstudylab@naver.com

ⓒ 1인출판사 15번지
정가 9,900원

ISBN 979-11-975591-0-5

1인출판사 15번지는 저작권을 준수합니다.
무료폰트인 'KoPub바탕체 Light', 'KoPub바탕체 Bold',
'Noto Sans Mono CJK KR', '네이버 나눔손글씨 사랑해 아들체'
폰트가 사용되었습니다.

삽화는 디자이너의 순수 창작품이며,
챕터를 나눈 간지의 이미지 출처는 pixabay.com 입니다.
전체적인 편집 작업은 Adobe CC 정품을 사용하였습니다.
이 책은 저작권법에 따라 보호받는 저작물입니다.
무단 전재와 무단 복제를 금하며, 이 책 내용의 일부, 또는 전부를 이용하려면
반드시 '저작권자'와 출판사 '15번지'의 서면 동의를 받아야만 합니다.